LA BARONNE DE CHANTAL,

FONDATRICE DE L'ORDRE DE LA VISITATION;

DRAME HISTORIQUE

EN TROIS ACTES ET EN VERS;

SUIVI D'UNE

LETTRE DE St. JEROME

A UNE DAME ROMAINE.

Qui quamquàm discedit aut tempore, aut ratione victus amor, non tamen penitùs liberam relinquit animam, remanetque in eâ vestigium. PLUTARQUE.

PAR A. M. DE CUBIÈRES.

A PARIS,

De l'Imprimerie du PATRIOTE FRANÇOIS,
Place du Théâtre Italien.

Et se trouve chez ROYEZ, libraire, quai des Augustins ;
chez BAILLY, libraire, barrière des Sergens ; et chez
DESENNE, libraire, au Palais-Royal.

L'AN TROISIÈME DE LA LIBERTÉ.

PRÉFACE GÉNÉRALE

Et commune aux deux ouvrages.

J'ÉTOIS au petit séminaire de Saint-Sulpice à Paris ; j'avois vingt ans, lorsque je composai les deux ouvrages qu'on va lire, et l'on n'en sera pas étonné à l'aspect de leurs titres. Il est tout simple qu'un jeune ecclésiastique lise et compose des ouvrages de piété. Ce qui étonnera un peu davantage, c'est que ces deux ouvrages n'ont jamais pu être publiés dans l'ancien régime tels qu'ils paroissent aujourd'hui, et qu'il a fallu, pour les mettre au jour, qu'un nouvel ordre de choses me dispensât d'une permission d'imprimer, qu'on m'a toujours refusée. Je vais entrer là-dessus dans quelques détails, afin d'apprendre au public sous quelle indigne oppression gémissoient autrefois les poëtes, et en général tous les gens de lettres.

Le *Drame de la Baronne de Chantal* et la *Lettre de St. Jérôme à une Dame Romaine*, sont de véritables ouvrages de piété, puisque, dans l'un et l'autre, la religion triomphe de l'amour, et qu'ils sont remplis de maximes extrêmement orthodoxes, et telles que le théologien le plus sévère n'oseroit les

A 2

désapprouver. J'eus à peine achevé ces deux productions édifiantes, que, pour les faire passer dans le public, sous des noms vraiment respectés, je dédiai l'une aux révérends pères jéronimites ou hiéronimites de l'Escurial, et l'autre aux religieuses Visitandines. C'étoit, pour ainsi dire, offrir aux uns et aux autres des portraits de famille, puisque St. Jérôme a été le père des Jéronimites, et que toutes les Visitandines reconnoissent la baronne de Chantal pour leur mère. Je ne pouvois choisir un étendart plus sacré ni me ranger sous une bannière plus respectable. Le temps de faire imprimer arriva ; je demandai, selon l'usage, un censeur royal à M. le garde-des-sceaux, et ce fut M. l'abbé Genest qu'on me donna. M. l'abbé Genest demeuroit au collège Mazarin, autant que je puis m'en souvenir. Il étoit régent de collège, docteur de sorbonne, directeur d'un couvent de religieuses : que de titres, pour approuver deux ouvrages aussi pieux que les miens ! Il refusa cependant de les censurer, disant que l'un et l'autre étoient impies, contraires à la foi et aux bonnes mœurs, et, pour comble d'injustice, il me garda mon manuscrit, qu'il ne m'a jamais rendu. Scandalisé au dernier point, qu'un jeune séminariste lui apportât de pareils ouvrages à censurer il me fit une vive semonce, et alla jusqu'à me menacer de me dénoncer à mes supérieurs. Je me retirai en tremblant, et je craignois chaque jour de voir s'effectuer ses menaces. Je dois être juste en disant la vérité ; il ne me dénonça point, et j'en fus quitte pour un sermon ennuyeux et pour la perte de mon manuscrit. Il me restoit encore une copie de ces deux ouvrages ascétiques ; et sans connoître M. Dorat autrement que de réputation, je la lui envoyai avec une lettre, où je le priois instamment de me faire avoir un censeur qui ne fût ni prêtre, ni directeur de Nones, ni sur-tout docteur de la sacrée faculté de théologie, et je la datai du petit séminaire de Saint-Sulpice. Enchanté et reconnoissant de la confiance que je lui témoignois, M. Dorat me fit la réponse la plus honnête et la plus encourageante : il m'engagea à l'aller voir. J'y allai, et je trouvai chez lui autant d'aménité et de politesse que j'avois trouvé chez l'abbé Genest de sévérité et de rigueur. J'aimai, dès ce moment, M. Dorat comme un frère. Il eut pour moi le même sentiment ; et sa mort prématurée a bien pu me séparer de lui, mais non l'effacer de mon souvenir. Il avoit lu mes deux ouvrages avec intérêt, les avoit jugés dignes de l'impression, et il m'assura qu'il feroit en sorte de m'obtenir pour censeur l'auteur du Sopha et de Tanzaï, M. Crébillon fils. Il l'obtint en effet; mais ce ne fut guères qn'après une année de démarches. La politique des chefs de la librairie, j'ai presque dit de la littérature, étoit alors de refuser à un auteur le censeur qu'il demandoit lui-même, ou qu'il faisoit demander par un ami; et ce ne fut qu'avec beaucoup de peine que M. Dorat triompha de leur mauvaise volonté ou de leur défiance.

Après avoir remercié sincérement M. Dorat du service qu'il m'avoit rendu, je m'acheminai, mon manuscrit à la main, vers la demeure de M. de Crébillon. M. Dorat lui avoit déjà parlé de moi, et sans doute de mes deux ouvrages. M. de Crébillon les reçut avec une sorte d'empressement amical; et, comme si déjà nous nous connoissions, il fut pour moi, à cette première visite, d'une affabilité charmante. Il étoit vieux alors, et son âge et sa réputation littéraire lui donnoient sur moi des droits dont je croyois qu'il alloit user à chaque instant. Eh bien ! à la seconde visite, il fut plus affable encore qu'à la première : il n'avoit ni morgue, ni ton de protection dans l'accueil gracieux qu'il me fit; il descendit jusqu'à moi, et dans une conversation assez longue que nous eûmes ensemble , je crus en vérité causer avec un homme de mon âge et le plus ancien de mes amis. Je me rappelle encore quelques traits de cette conversation, et qu'il me soit permis de les citer ici. Ils pourront faire sentir aux gens de lettres de quel prix est pour eux la liberté de la presse.

J'ai lu vos deux ouvrages avec un véritable plaisir, me dit M. de Crébillon, et je ne doute pas qu'ils n'en fissent beaucoup au public, si le public pouvoit les lire ; mais comment voulez-vous, mon cher monsieur, que je m'expose à approuver deux ouvrages qui nous feroient mettre à la bastille vous et moi, et dont le succès pourroit exciter contre nous deux une persécution immortelle de la part des prêtres ? J'ai déjà été à cette Bastille : mon roman de Tanzaï m'y a fait enfermer ; c'est, je vous l'assure, un vilain séjour, et je serois au désespoir que vous éprouvassiez la même disgrace que moi. — Mais, monsieur, vous ne prenez pas garde que ma Lettre de S. Jérôme et que mon Drame sont des ouvrages de dévotion, et qu'au lieu de m'envoyer à la Bastille pour les avoir composés, les prêtres devroient écrire à la cour de Rome pour m'obtenir, après ma mort, un bref de béatification. — Vos ouvrages ne sont pas impies, je l'avoue; ils ne sont pas contraires à la croyance de l'église catholique, quoique l'amour profane en soit le principal sujet ; mais vous y peignez avec vérité les erreurs d'une sainte et d'un saint fameux ; et voilà ce que les prêtres ne vous pardonneront jamais ; c'est la vérité seule qui blesse les prêtres. Croyez-moi donc, mon cher ami ; ne nous jouons pas avec ces gens-là ; ils ont les bras plus longs que nous ; et encore une fois, ne nous exposons point vous et moi à aller à la Bastille. Vous êtes jeune ; vous êtes curieux peut-être. Ce château peut avoir des charmes pour vous ; mais moi ! moi ! que vous ai-je fait, pour vouloir que, dans ma vieillesse, je retourne dans un séjour où j'ai tant souffert ? Il Pleuroit presque en disant ces mots. J'avois été chez lui pour lui demander une grace, et c'étoit lui qui avoit l'air de m'implorer. Ah ! lui répliquai-je, en me jettant dans ses bras, et en pleurant moi-même, je ne vous regarde pas comme un censeur, mais comme un père. Moi vouloir compromettre votre liberté !... . Moi, vous exposer à une détention illégale ! Jettez mes chiffons poétiques au feu ; mettes-les en pièces devant moi ; faites-en tout ce que vous voudrez, peu m'importe. Je suis incapable de perdre un honnête-homme, et je n'ai pas envie de me perdre moi-même pour le plaisir de publier un manuscrit. — Et moi, reprit-il, je suis incapable à mon tour de ne pas entrer en accommodement avec vous pour la publication de vos ouvrages. Vous m'accordez trop en y renonçant tout à fait, et je rougirois de n'avoir pas été aussi généreux que vous. Gardez-vous bien d'abord de conserver vos deux Epîtres dédicatoires, telles qu'elles sont; elles offenseroient également et les révérends pères Jéronimites et les dames Visitandines. Celles-ci ne manqueroient pas de vous faire dénoncer à M. l'abbé Mandoux, confesseur du roi; et les autres, vous attaquant tout de suite au tribunal du grand inquisiteur d'Espagne, qui a des relations intimes avec tout notre clergé, vous exposeroient à des dangers sans nombre. Placé entre la colère d'un grand inquisiteur et celle d'un confesseur du roi, quel seroit votre recours, vous jeune encore et sans crédit peut-être; vous ecclésiastique tonsuré, et qui sans doute avez besoin, pour votre avancement, de la protection de votre évêque? Il faut encore, et je vous le dis à regret, il faut encore renoncer à votre *Baronne de Chantal*, que je trouve bien supérieure à votre *Lettre de St. Jérôme*, et ne jamais songer même à la faire imprimer, tant qu'il y

aura des saints , des saintes et des évêques
en France. Comment voudriez-vous en effet
qu'on vous pardonnât de donner la comédie
à tout Paris aux dépens des évêques et des
saints? Il m'est venu une idée , quant à votre
Lettre de St. Jérôme : laissez-la moi encore
huit jours, et revenez au bout de ce temps ;
vous n'aurez pas lieu de vous plaindre de moi.

Je retournai chez M. de Crébillon au bout
de huit jours. Et le croira-t-on? Cet homme ,
que la plupart des gens de lettres choisissoient
pour censeur , et qui, en cette qualité , étoit
accablé d'occupations ; cet homme , bon et
sensible , me rendit mon manuscrit tout
approuvé, et tout chargé de vers qu'il avoit
composés lui-même et substitués aux miens.
Les miens lui avoient paru trop passionnés :
il les avoit adoucis par son travail ; il les avoit
rendus , si je puis parler ainsi, plus décens et
plus orthodoxes. Jamais, avant cette époque ,
M. de Crébillon , n'avoit composé de vers. Il
força la nature pour me plaire, et le désir de
m'obliger en fit un poëte. Il remplaça le titre
de *Lettre de S. Jérôme à une Dame Romaine,*
par celui de *Lettre d'un Solitaire de Chalcide
à une Dame Romaine ;* changea le nom de
Jérôme en celui de Hérôme ; et ayant ajouté
vers la fin une dévote apostrophe au Crucifix,

pour servir de correctif aux peintures voluptueuses du commencement : Tenez, me dit il, voilà votre manuscrit, faites l'imprimer tel qu'il est, et je défie les prêtres d'y trouver à mordre. Vous pouvez dire, si on vous chicane, que *Hérôme* n'est point *Jérôme ;* que *le Solitaire de Chalcide* est un personnage imaginaire, ou de votre invention, et il faudra que messeigneurs du clergé soient bien injustes ou de bien mauvaise humeur si, par le moyen de ces adoucissemens, vous n'évitez point et les censures de votre évêque et les châtimens de l'inquisition.

Je suivis les conseils de mon honnête censeur, et, sans rien changer à ma lettre de St. Jérôme, je la publiai, avec quelques poésies très-innocentes, et telle qu'il l'avoit corrigée. Elle parut chez *Monori*, libraire du prince de Condé, rue de la Comédie Française, en 1772, sous ce titre : *Lettre d'un Solitaire de Chacide à une Dame Romaine, suivie de Poésies fugitives.* Des vers faits par M. de Crébillon, qui n'avoit jamais écrit qu'en prose, ne pouvoient pas avoir un très-grand succès ; des vers sur-tout tracés par une plume presque décrépite, et qu'agitoit la double crainte des prêtres et de la Bastille ; des vers semblables, dis-je, ne devoient pas faire fortune dans un temps où les la Harpe, les Delille, les Colardeau, les Dorat, etc., avoient accoutumé le public à une poésie aussi agréable qu'ingénieuse. Aussi mon ouvrage ne tarda-t-il pas à aller chez la beurrière, malgré l'éloge que voulut bien en faire le sieur Fréron, qui vivoit alors, et qui tenoit, je ne sais trop pourquoi, le sceptre de la critique. Cet éloge me valut une persécution dont je ris encore, et une espèce d'affront qui n'est pas moins plaisant. Les supérieurs du petit séminaire de Saint-Sulpice, instruits par leurs espions que j'étois l'auteur de la *Lettre d'un Solitaire de Chalcide*, me prièrent fort poliment de sortir de leur maison, disant qu'une demeure aussi sainte pourroit être souillée par ma présence; et, reconnoissant de leur politesse, non-seulement je quittai le séminaire, mais encore l'habit de prêtre, que je révère infiniment, mais que je trouvois un peu gênant pour mon âge et mes opinions. Un plus grand malheur m'arriva peu de temps après, et ce nouveau malheur j'ai encore l'audace d'en rire. Les auteurs du Journal Encyclopédique me dénoncèrent comme un impie, en faisant l'Extrait (1) de ma Lettre de St. Jérôme, et

---

(1) Cet Extrait a paru dans le Journal Encyclopédique, tome I, du mois de février 1773.

me dévouèrent aux flammes de l'enfer , parce
que j'avois rendu St. Jérôme amoureux.. Ce
fut sans doute à l'instigation de mes ci-devant
supérieurs qu'ils me traitèrent de la sorte ; et
pour prouver à mes ci-devant supérieurs et
aux journalistes que l'on pouvoit avoir de la
religion , quoiqu'on ne fût plus au séminaire
de Saint-Sulpice , je fis, en réponse à l'Extrait,
une Lettre, qui fut insérée dans le Journal
de septembre 1773 , et qui prouve , jusqn'à
l'évidence , que jamais je n'ai cessé de pro-
fesser la religion catholique , apostolique et
romaine. Les journalistes et les supérieurs
m'ont toujours regardé comme un impie ,
malgré cette espèce de profession de foi , et
je ne réponds pas , qu'avec le temps , ils ne
fussent parvenus à me faire enfermer à la
Bastille ou brûler à l'inquisition , quoique je
ne fusse plus au séminaire de Saint-Sulpice.

L'heureuse révolution qui vient de s'opérer
en France , nous ayant mis à couvert et des
supérieurs intolérans et des journalistes dé-
nonciateurs , je publie mes deux ouvrages
avec leurs Epîtres dédicatoires , tels qu'ils
furent composés il y a vingt ans ; c'est-à-dire ,
que j'ai supprimé , dans la Lettre de Saint
Jérôme , tous les vers de Crébillon fils , et
que j'y ai substitué ceux que j'avois faits alors,

sans y ajouter ni retrancher la moindre chose.
Qu'on me pardonne ce peu de modestie.
Crébillon fut sifflé et dénoncé sous mon nom.
Il est juste que tout rentre dans l'ordre, et
que je sois seul dénoncé et sifflé, si je le
mérite. Je n'ai conservé de Crébillon que
l'*Apostrophe au Crucifix*, afin qu'on ne doute
point de mon respect pour cette divine image;
et je ne doute point moi-même que mes deux
poëmes chrétiens ne produisent leurs fruits
dans le temps, si Dieu veut bien leur donner
sa sainte bénédiction.

Encore une petite réflexion, et je finis.
M. l'Abbé Genest, docteur de Sorbonne et
censeur royal, n'a jamais voulu permettre
l'impression de mes deux poëmes, quoiqu'il
n'y ait rien que de glorieux pour la religion.
Qu'on juge de la sévérité des censeurs royaux
et des docteurs de sorbonne, quand on leur
portoit à approuver des ouvrages philoso-
phiques, ou sagement hardis qui devoiloient
les abus de la religion ; et qu'on ose se
plaindre de la mémorable et fortunée révolution, à laquelle nous devons l'inappré-
ciable bienfait de la liberté de la presse !

ÉPITRE DÉDICATOIRE

A MESDAMES LES RELIGIEUSES
DE L'ORDRE DE LA VISITATION.

Mes révérendes Meres et bien aimées Soeurs, vous avez lu bien des fois la *Vie de la bienheureuse mère de Chantal*, par M. l'abbé Marsollier, chanoine et ancien prévôt de l'église cathédrale d'Usez. Que dis-je? cette bienheureuse Chantal a été la fondatrice, la première religieuse et la première supérieure de votre ordre, et quelques-unes de vous savent par cœur l'ouvrage édifiant de l'abbé Marsolier, et en récitent des lambaux aux jeunes pensionnaires, pour les faire marcher plus sûrement sur les traces de la sainte illustre que vous révérez. Je suis, en ce moment, pensionnaire, non dans aucune maison de votre ordre, mais au petit séminaire de Saint-Sulpice ; ce qui n'est pas extrêmement différent. Je n'ai pas le bonheur, comme quelques-unes de vous, d'avoir appris par cœur la vie de votre bienheureuse mère ; mais je l'ai lue avec attention, et c'est là que j'ai puisé le sujet du très-foible Drame que je prends la liberté de vous dédier. Si jamais une pièce de théatre a été fidélement copiée d'après l'histoire, c'est celle-ci, mes bien aimées sœurs ; intrigue, situations, nœud et dénouement, j'ai tout pris dans cette vie de votre bienheureuse mère ; et vous pouvez facilement vous en convaincre, si vous daignez employer quelques instans de vos pieux loisirs, à comparer ensemble cette vie et mon Drame.

Une chose pourra vous surprendre, mes révérendes mères et bien aimées sœurs, c'est que, dans les discours que le vieux baron et l'évêque d'Autun tiennent à la baronne de Chantal, j'ai même emprunté quelquefois, sinon les propres expressions de l'abbé Marsollier, au moins le fonds de ses idées, et que ces deux personnages parlent à peu près dans ma pièce comme dans son livre. Il n'est pas jusques au caractère naïf de la servante Claudine, que ce livre ne m'ait fourni ; et lorsque le président dit à sa fille, dans mon premier Acte, qu'*elle l'a rendu avocat, de président qu'il étoit*, je n'ai pas même le mérite d'avoir imaginé ce mot que l'abbé Marsollier lui fait dire. Quelle bonne fortune, pour la paresse d'un auteur, qu'un pareil sujet ! Je devrois, en qualité de séminariste,

n'être,

n'être point sujet à la paresse. Le croirez-vous cependant, mes bien aimées sœurs ? cet horrible péché mortel, celui de la gourmandise, et puis un autre que je ne nomme point, par respect pour vos chastes oreilles, sont mes péchés favoris depuis que j'habite le séminaire. J'arrive toujours le dernier à l'oraison du matin, et le premier au réfectoire. J'ai, la nuit, des tentations tout-à-fait criminelles ; et jugez quel plaisir j'ai dû goûter à peindre les combats que fit éprouver le démon de la chair à votre bienheureuse mère, moi que le même démon tourmente, et combien il m'a été doux de n'avoir presque rien à inventer dans la composition de mon ouvrage. Aussi n'ai-je fait que laisser aller ma plume sur le papier, sans me donner la moindre peine, en peignant les bénoites amours de votre fondatrice, et j'ai intitulé ma pièce, *Drame historique*, parce qu'elle n'est autre chose en effet que l'histoire mise en dialogue.

Je dois tout dire cependant, mes bien aimées sœurs, et, pour n'être pas exclus tout-à-fait de vos saintes prières, je dois prévenir vos moindres reproches et répondre d'avance à vos objections. Le malin esprit, cet esprit tentateur et pervers, qui fait souventle malheur des jeunes religieuses et des séminaristes ; le démon, en un mot, poussa un jeune seigneur huguenot à aimer très-charnellement mademoiselle Frémiot, mon héroïne ; et cet esclave de satan, ce vil ré-prouvé, avoit eu l'audace de lui offrir sa main avant qu'elle eût épousé le baron de Chantal. L'abbé Marsollier dit lui-même, que *ce seigneur ne lui déplaisoit pas*, (page 33 du tome Ier. de la première édition). Et il ajoute que la sainte *ne se cachoit point de l'inclination qu'elle avoit pour lui.* Tout annonce qu'ils auroient dû se marier ; et sans doute ils en seroient venus là sans la religion, qui mit un obstacle invincible à leur flamme mutuelle. J'ai donné, à ce jeune mécréant, le nom de *Selmour ;* et j'ai supposé, qu'après le mariage de sa maîtresse avec le baron de Chantal, éclairé tout-à-coup par la lumière du Saint-Esprit et par les seconrs imprévus da la grace, il avoit abjuré le calvinisme et s'étoit fait catholique. J'ai supposé que, de désespoir de ne pouvoir la posséder, il s'étoit fait hermite, et qne, se cachant sous l'habit d'anachorète, il avoit été vivre obscur et ignoré dans quelque coin de la province de Bourgogne. J'ai supposé enfin que, pour le mieux convertir, la baronne de Chantal lui avoit fait présent d'une image de la Ste Vierge : et voilà, mes bien aimées sœurs, tout ce qu'il y a de moi dans le *Drame de la baronne de Chantal.* Direz-vous que j'y aie ajouté la moindre invraisemblance, et que les choses auroient pu arriver autrement que je les peins ?

Il n'est pas étonnant au surplus que la baronne de Chantal, n'étant encore que mademoiselle Frémiot, ait refusé d'épouser un calviniste. Elle devoit le jour à des parens très-attachés à la religion catholique, et qui lui inspirèrent toujours la plus forte haine contre Calvin et Luther, véritables précurseurs de l'Ante-Christ, s'ils n'étoient pas deux Ante-Christ eux-mêmes, et contre leur secte infernale et maudite. Il n'y avoit pas long-temps d'ailleurs que s'étoit passé le meurtre de la saint Barthélemi, ce meurtre auquel je ne songe point sans horreur, et que j'oserois appeller le plus grand de tous les crimes, si je n'étois pas un séminariste. Il n'est donc pas étonnant, dis-je, que ce meurtre, presque récent, eût redoublé le zèle de Mlle Frémiot contre les calvinistes ; et, par une singularité assez remarquable peut-être, cette vertueuse demoiselle étoit née l'année même de cet abominable massacre.

Il étoit tout simple, mes bien aimées sœurs, que, dans un Drame historique, je conservasse les noms que l'histoire nous a transmis, et je n'ai pas manqué de les conserver. J'ai cru devoir cependant en changer un seul : le frère de la baronne de Chantal n'étoit point évêque d'Autun, mais archevêque de Bourges. Il est absolument impossible que le nom de *Bourges* entre dans des vers tant soit peu nobles ; celui d'*Autun* est plus doux, plus harmonieux et plus sonore. La ville d'Autun est d'ailleurs peu éloignée de celle de Dijon, où se passe la scène ; et pourriez-vous me blâmer d'avoir fait le frère de la baronne évêque d'Autun, au lieu de le laisser archevêque de Bourges ? Racine a fait Joad de Joïada ; vous ne l'ignorez pas, mes bien aimées. De pareils changemens ne sont point contraires à la vérité ; et quand même ils la choqueroient un peu, un poëte n'est pas un historien, et le *quidlibet audendi* est connu depuis tant de siècles ! Vous n'ignorez pas, mes bien aimées, que ce *quidlibet audendi*, qui semble n'avoir été fait que pour les poëtes, est employé même quelquefois et par les jeunes religieuses et par les jeunes séminaristes.

Heureux, mes bien aimées sœurs, si vous n'étiez pas disposées à me faire de plus graves reproches ! Mais quoi, me dites-vous, avec une sainte colère ! vous avez osé metrre sur un théâtre tout profane un saint et une sainte depuis long-temps insérés dans le calendrier, et dont, tous les ans, on célèbre la fête dans nos églises ! Quel abus des choses saintes ! quelle impiété ! quelle profanation !....... Doucement, je vous. prie, mes très - chères sœurs, et avant que de me condamner, daignez, s'il vous plaît, m'entendre.

La baronne de Chantal et l'évêque de Genève n'étoient point des saints à l'époque que j'ai choisie pour représenter leurs mœurs, leurs caractères et leurs projets sur le théâtre ; ni l'une ni l'autre n'avoient encore été canonisés par le très-saint père, et ce n'est pas insulter au très-saint père, et ce n'est blesser ni la religion, ni la décence, que de peindre saint François de Sales, et Françoise de Frémiot, tels qu'ils étoient avant leur canonisation. Je les ai peints d'ailleurs tels qu'ils étoient véritablement alors, puisque j'ai suivi fidélement l'histoire. La baronne, dans l'histoire, est foible, indécise, bienfaisante sur-tout, et toujours flottante entre son amour pour Dieu et sa tendresse maternelle ; et voilà comme elle est dans mon Drame. L'évêque de Genève est plein de zèle et d'ardeur pour la cause de Dieu ; il ne travaille qu'à faire des prosélites et qu'à gagner des ames au Seigneur. Il voit en pitié les erreurs des mondains, et croit que la vie religieuse est la seule où l'on puisse faire son salut ; et c'est ainsi que je l'ai peint dans mon Drame. Le frère de la baronne de Chantal, moins fougueux dans sa piété, croit qu'on peut se sauver dans le monde aussi bien que dans le cloître. Il est tolérant et sensible dans l'histoire ; et cette physionomie n'est-elle pas celle que je lui ai donnée dans mon Drame ? Quant aux autres personnages, je défie qu'on leur trouve un trait caractéristique, une affection de l'ame ou une passion que je n'aie pas mise dans mon Drame ; et n'ayant dit que la pure vérité, de quoi pouvez-vous m'accuser avec justice ? Les poëtes ont les mêmes droits que les peintres. Je vous l'ai déjà prouvé, mes bien aimées ; et blâmez-vous ces derniers, de représenter dans vos églises les saints et les saintes avec les attributs que leur ont donné la tradition et l'histoire, saint Jean-Baptiste avec un agneau, saint Luc avec un bœuf, saint Antoine avec un cochon, etc. ?

Une tradition est venue jusqu'à nous, qui a voulu nous persuader que saint François de Sales avoit aimé un peu matériellement la belle Chantal, et que celle-ci n'avoit tant aimé Dieu qu'à cause de saint François de Sales. On a prétendu enfin qu'il s'étoit glissé quelque chose de charnel dans leur commerce, et que souvent ils avoient pris l'amour profane pour l'amour spirituel. Si j'avois suivi dans ma pièce une pareille tradition, mes tres-chères sœurs; (et j'en avois le droit sans doute par une suite de *quidlibet audendi*) si j'avois suivi, dis-je, une pareille tradition, c'est alors que vous auriez eu le droit de vous plaindre, et sur-tout d'être scandalisées; mais au lieu de l'adopter, voyez comment je l'écarte par-tout avec adresse. Saint François de Sales appelle par-tout la baronne *ma fille*, et celle-ci lui donne toujours le nom de *père*; ce qui, établissant entr'eux une sorte de parenté spirituelle, détruit toute idée contraire à la chasteté, et les fait paroître aussi purs que des esprits célestes. Remarquez d'ailleurs que j'ai donné à la Baronne un sentiment tendre pour Selmour, et qu'il est impossible qu'une femme, aussi naïve, aussi franche et aussi sincère, éprouve ce sentiment pour deux personnes. Jamais enfin il ne lui échappe un mot, et jamais l'évêque de Génève ne lui en dit un qui puisse faire soupçonner qu'ils s'aiment autrement qu'en Dieu, et qu'ils se voient pour d'autres raisons que pour la propagation de la foi et la fondation d'un monastère. Remerciez-moi donc, au lieu de me blâmer, mes très-chères sœurs, et sachez-moi gré au moins de ce que je n'ai pas fait, si ce que j'ai fait vous offense. Vous sur-tout, mes révérendes mères en Dieu, vous toutes supérieures des couvents d'un ordre que je révère, ordonnez à vos pensionnaires de représenter ma pièce dans vos saintes maisons, et prenez-y vous-mêmes des rôles que vous rendrez, sans doute d'après nature, puisque vos vertus vous identifient avec l'immortelle Chantal. Lorsque vos évêques feront leurs visites pastorales, priez-les d'accepter ceux de François de Sales et de l'évêque d'Autun, qu'ils ne rendront pas sans doute aussi bien que les joueroient le Kain et Molé, mais qu'ils embelliront des charmes d'une piété plus sincère ; et priez leurs grands-vicaires d'apprendre par cœur les mêmes rôles, afin de suppléer leurs évêques en cas de besoin. Ainsi vous vous procurerez, sans beaucoup de frais, des plaisirs utiles et inno-cens ; ce qui vaut mieux mille fois que de s'imposer des peines sans nécessité, telles que de porter des cilices ou de se donner la discipline.

Mais vous ne m'écoutez pas ; mes bien aimées sœurs et mères. Que dis-je ? vous me regardez avec courroux , et vous semblez m'annoncer que je n'ai répondu qu'à moitié à vos pieux reproches. Je vous entends, mes chères sœurs ; vous me pardonneriez peut-être d'avoir peint , dans une pièce de théâtre, la vénérable mère de Chantal et St. François de Sales tels qu'ils étoient avant leur canonisation ; mais, depuis qu'ils sont canonisés, vous ne me pardonnez pas de les avoir mis au théâtre ; et , selon vous, le souvenir de cette auguste cérémonie auroit dû glacer mes pinceaux de respect , et les empêcher de s'exercer sur un sujet auquel ils ne pouvoient atteindre sans audace.

On voit bien , mes très-chères sœurs , que vous ne fréquentez guères nos théâtres. Ignorez-vous que saint Polieucte , qui valoit bien saint François de Sales, a été mis sur la scène françoise ? Ignorez-vous qu'on l'y joue très-souvent, et que , sans respect pour sa divine auréole, on l'y siffle même audacieusement, s'il est mal représenté ? Ignorez - vous que l'auteur de ce même Polieucte a composé *sainte Théodore, vierge et martyre* ; qu'on a mis sur cette même scène françoise, *sainte Gabittice et saint Genest*, et qu'on les y a donnés quelquefois le même jour que le *Cocu imaginaire* ?

Ignorez - vous enfin que nous avons un très-grand nombre de pièces de théâtre sur la passion et la mort de Notre - Seigneur Jésus - Christ ? et que celle entr'autres du sieur Chevillard, prêtre orléanois, intitulée, *la Mort de Théandre* (1), mérite une attention toute particulière. C'est là, c'est dans cette tragédie que Caïphe dit, en parlant de Notre-Seigneur :

Quoi ! ne voyez-vous pas où ce trompeur aspire ?
Qu'il a pris sur le peuple un souverain empire ?

C'est là que le traître Judas fait son portrait de la sorte, mes très-chères sœurs :

J'ai, depuis quelque temps, suivi ce faux prophête :
Il m'avoit attiré par un sort captieux ;
Mais Dieu, par sa bonté, me désillant les yeux,
M'a fait voir les erreurs de sa fausse doctrine.

Il aura été permis à un prêtre orléanois de faire blasphémer ainsi le Saint des Saints par un Judas, par un Caïphe ; et moi, qui ne suis ni orléanois, ni prêtre encore, je ne pourrai faire dire, avec politesse, par l'évêque

____

(1) *La Mort de Théandre*, ou *la sanglante Tragédie de la Mort et Passion de Notre-Seigneur Jésus-Christ*, en cinq actes et en vers, par le sieur Chevillard, prêtre à Orléans. A Rouen, chez J. Besogne, 1649. *in-12*.

d'Autun, quelques vérités à l'évêque de Genève?.... Ah! mes chères sœurs! mes chères sœurs! que ne vous dirois-je pas encore, pour excuser ma pièce et la manière dont je l'ai traitée, si je ne craignois de vous ennuyer! Ne voyez-vous pas, pour tout dire en un seul mot, que la religion y triomphe, et qu'elle est, à proprement parler, le triomphe de la religion?

PERSONNAGES.

La BARONNE DE CHANTAL.

Le PRÉSIDENT FRÉMIOT, son père.

Le jeune BARON DE CHANTAL, son fils.

L'ÉVÊQUE D'AUTUN, son frère.

Le vieux BARON DE CHANTAL, son beau-
père.

L'ÉVÊQUE DE GENÈVE.

SELMOUR, hermite.

CLAUDINE, servante.

Deux petites filles de la Baronne.⎱ personnages
Deux Grands-Vicaires.⎰ muets.

La scène est à Dijon, dans la maison du vieux baron de Chantal.

LA BARONNE DE CHANTAL.

ACTE PREMIER.

SCÈNE Iere.

LE PRÉSIDENT FRÉMIOT, le jeune BARON
DE CHANTAL.

LE PRÉSIDENT.

Ma fille a pu former un semblable dessein !
Non, je ne le crois pas ; non.

LE JEUNE BARON.

              Rien n'est plus certain :
Vous perdez une fille, et je perds une mère.
L'évêque de Genève, à tous nos vœux contraire,
Doit aujourd'hui venir, et doit, au nom d'un Dieu,
Nous l'enlever. Ensemble ils partent de ce lieu ;
Aujourd'hui même.

LE PRÉSIDENT.

            O ciel ! je suis d'une surprise,
D'une indignation ....

LE JEUNE BARON.

            D'un zèle ardent éprise,
Ma mère veut aller fonder dans Anneci
Un pieux monastère, et nous restons ici,

Mes sœurs, vous, son beau-père, à pleurer son absence.

LE PRÉSIDENT.

De la revoir, du moins nous avons l'espérance.

LE JEUNE BARON.

Quelle idée ! et comment pourrions-nous la revoir,
Quand de mourir au monde on lui fait un devoir,
Et qu'elle gardera l'éternelle clôture,
En tout temps si contraire aux loix de la nature ?

LE PRÉSIDENT.

Eh ! qui donc de la sorte a pu la pervertir ?

LE JEUNE BARON.

L'évêque de Genève. Il croit la convertir.
En l'ensevelisssant au fond d'une retraite ;
Il pense fermement la rendre plus parfaite.

LE PRÉSIDENT.

D'un évêque, entre nous, c'est passer les pouvoirs.
Ma fille étoit ici fidelle à ses devoirs ;
Elle les remplit tous avec exactitude,
Et plaire à tout le monde est son unique étude.
Quelle femme sur-tout, par de plus tendres soins,
A du pauvre jamais soulagé les besoins ?
Son cœur compatissant devine leur misère,
Et d'une égale ardeur tous la nomment leur mère.
Elle est jeune, d'ailleurs ; une seconde fois,
Elle peut de l'hymen subir les douces loix,
Rendre un époux heureux, et, grace au mariage,
Faire de ses vertus un glorieux usage ;
Et quand je viens ici lui proposer la main
D'un jeune homme qui l'aime, et qui voudroit soudain
Avec elle former la chaîne la plus belle,
J'apprends qu'à mes desirs pieusement rebelle,

Avec un saint évêque elle fuit de ces lieux,
Et nous immole tous à l'intérêt des cieux !
Je ne souffrirai point une telle conduite,
Et j'empêcherai bien un départ qui m'irrite.
Viendra-t-elle bientôt ?

LE JEUNE BARON.

Incessammant, je crois.
Vous ne connoissez pas tous les nobles exploits
Du vertueux évêque. Ici, pour gouvernante,
Nous avions, dès long-temps, une fille excellente,
Nous servant avec zèle, avec célérité,
Et qui nous enchantoit par sa naïveté.
Monseigneur au sermon l'invite un beau dimanche,
Et touche tellement cette ame neuve et franche,
Qu'elle ne parle plus que de vivre en couvent.
Elle en perd le repos, et la raison souvent ;
Au lieu de travailler fait toujours sa prière,
Et n'aspire, en un mot, qu'à devenir tourrière.
D'accord avec ma mère, elles doivent d'ici
Partir en même-temps ; on nous l'enlève aussi.
Les voici. Toutes deux viennent dans cette salle
Pour y vacquer, je crois, à l'oraison mentale.
Ecoutons un moment leur conversation.

SCÈNE II.

LE PRESIDENT, le jeune BARON (l'un et l'autre à l'écart)
LA BARONNE DE CHANTAL, CLAUDINE.

LA BARONNE, (à Claudine.)

JE vous l'ai dit, ma fille : oui, la vocation
Est un vrai don du ciel, et vous l'avez, je pense.

Monseigneur de Genève en donne l'assurance.
Ne vous lassez donc point de prier le Seigneur ;
Que l'aimer, le bénir soit tout votre bonheur !

CLAUDINE.

Je n'en connois point d'autre, et je suis votre exemple.

LA BARONNE.

En tous lieux, à son gré, le cœur s'élève un temple.
Prions ici, ma fille, en attendant qu'un jour,
Récluses toutes deux dans le même séjour.....

LE PRÉSIDENT.

On a toujours le temps de prier.

LA BARONNE.

  (s'embrassant.)   Ah ! mon père !
Quoi ! c'est vous que je vois ? Moment doux et prospère.

LE PRÉSIDENT.

Je viens pour vous parler d'un objet important.

LA BARONNE.

Claudine, laissez-nous.
   (à son fils.) Vous, sortez un instant.
Mais sans vous éloigner. Ensemble je désire
Que bientôt nous allions .....

LE JEUNE BARON.

      Ces mots doivent suffire,
Et pour prendre votre ordre ici je reviendrai.

SCENE III.

SCÈNE III.
Le PRÉSIDENT, la BARONNE.

LE PRÉSIDENT.

VOTRE époux ne vit plus! nous l'avons tous pleuré,
Ma fille : il unissoit les talens au mérite,
Et se fit admirer par sa bonne conduite.
Trois enfans qu'il vous laisse ont satisfait vos vœux.
Ces trois enfans soumis, tendres, respectueux,
De toutes les vertus montrent déjà l'aurore.
Quoique veuve pourtant, leur mère est jeune encore;
Et quiconque vous voit, vous prendroit pour leur sœur.
Du comte Salvigni c'est le propos flatteur.
Je l'aime, m'a-t-il dit, je la trouve adorable;
Et si je suis pour elle un parti convenable,
Obtenez-moi sa main, vous ferez mon bonheur.
Ce jeune homme est rempli de probité, d'honneur :
Il a de la fortune, il a de la naissance.
Je voudrois avec lui former une alliance.
Y consentirez-vous ?

LA BARONNE.

Salvigni m'est connu,
Et je rends, comme vous, hommage à sa vertu.
Mais on n'est pas toujours heureuse en mariage.
Tout change avec le temps, et depuis mon veuvage,
J'ai conçu le projet de vivre sans époux.
Que dis-je? Le projet! c'est mon vœu le plus doux,
Un vœu cher et sacré.

LE PRÉSIDENT.

C'est un vœu que je blâme,
Et que ne doit jamais former aucune femme;

C

Un vœu contraire aux loix de la société.
Pourquoi le prononcer, et qui vous l'a dicté ?

LA BARONNE.

L'ignorez-vous encor, mon père ? c'est Dieu même.
Epouser un mortel, quand c'est Dieu seul que j'aime !
M'en croyez-vous capable ?

LE PRÉSIDENT.

On me l'avoit bien dit,
Que la raison sur vous avoit peu de crédit.
Mais, à vous parler vrai, j'avois peine à le croire.
D'un si prompt changement racontez-moi l'histoire,
Et dites-moi comment....

LA BARONNE.

A peine sous les coups
De la mort inflexible eut tombé mon époux,
Que, cherchant un appui dans ce Dieu que j'adore,
Aux autels prosternée, aussi-tôt je l'implore.
Sur mes filles, mon fils et sur moi-même enfin,
Je brûlois de savoir quel étoit son dessein ;
Et pour le découvrir, en pieux exercices
Je consume trois nuits.... Mes ardens sacrifices
Touchent l'Être-Suprême, et j'apperçois un jour,
Comme j'étois errante auprès de ce séjour,
Au bas d'une colline où le tilleul s'élève,
J'apperçois tout-à-coup l'évêque de Genève,
Qui, rayonnant de gloire et plein de majesté,
Sembloit voler au sein de la Divinité.
Je frissonne : une voix soudain se fait entendre.
Voilà l'homme, dit-elle, à qui tu dois te rendre ;
Voilà le directeur que t'a choisi le ciel,
Et qui doit te conduire au séjour éternel.

Une troupe bientôt de femmes vertueuses
Tous deux nous environne, et des vierges pieuses
Viennent parer nos fronts de lauriers et de fleurs.
La voix poursuit : Formez leurs esprits et leurs cœurs,
Et pour y parvenir, loin des crimes du monde,
Cherchez quelque retraite écartée et profonde,
Où puissent d'un Dieu juste et de ses droits jaloux,
Leurs efforts redoublés désarmer le courroux.
C'est à vous, à vous deux que le ciel les confie,
Et de vous seuls dépend leur trépas ou leur vie.
La vision s'éclipse à ces mots, et mon cœur
Y reconnoît bientôt l'ordre du Créateur.

LE PRÉSIDENT.

Toutes ces visions sont des erreurs, ma fille :
Tel, la nuit, dans la plaine, un vain phosphore brille ;
On le choisit pour guide, on marche à sa clarté,
Et dans un noir abîme on est précipité.

LA BARONNE.

Que dites-vous, mon père ? Ah ! ces visions saintes
Du palais étoilé franchissent les enceintes,
Pour éclairer nos cœurs sur leurs vrais intérêts,
Et de Dieu quelquefois sont des avis secrets.
C'est ainsi qu'aux mortels sa volonté céleste,
Quand il veut les sauver, par fois se manifeste.
Lorsqu'ici, par l'effet d'un prodige enchanteur,
Il m'a fait voir les traits de mon saint directeur ;
Le croiriez-vous ? Ailleurs, à ce directeur sage,
Il a, le même jour, présenté mon image,
Et sans nous être vus l'un ni l'autre jamais,
L'un de l'autre pourtant se rappella les traits,
Quand le sort à Dijon nous fit trouver ensemble,
Et l'un reconnut l'autre au même instant.

LE PRÉSIDENT.

(*à part.*)   Je tremble

Qu'elle et son directeur ne perdent la raison.
La folie est si près de la dévotion !

(*haut.*)

De votre directeur on vante le mérite :
Mais sied-il qu'avec vous il ait cette conduite?
Vous avez des enfans, un père déjà vieux ;
Un père ! quai-je dit ? je vous en connois deux ,
Qui tous deux ont des droits à votre bienfaisance,
Votre beau-père et moi. Quelle est notre espérance ?
C'est de voir, par vos soins tendres et délicats ,
Les routes du bonheur s'embellir sous nos pas ,
Et nous laissant tous deux, vos enfans , votre frère,
Vous allez loin de nous fonder un monastère !
Dois-je croire honnête homme et croire généreux
Celui qui vous donna ce conseil dangereux ?

LA BARONNE.

C'est le ciel qui l'inspire , et c'est par des miracles
Qu'il lui fait , chaque jour, connoître ses oracles.

LE PRÉSIDENT.

Le ciel, dans son langage , est quelquefois obscur ;
La voix de la nature est un guide plus sûr.
Ecoutez-la , ma fille , et que cette journée,
Vous voyant contracter un second hyménée,
De Salvigni, de moi, comble enfin tous les vœux !
Ne vous éloignez point ; nous serons tous heureux.

LA BARONNE.

M'osez-vous bien encor parler de mariage?
De Salvigni sur-tout me rappeller l'hommage?

(*avee l'air du mystère et du repentir*)

Avez-vous oublié que le jeune Selmour,
Le premier à mon cœur fit connoître l'amour ;

Et que son souvenir y règne encor peut-être?
Pensez-vous, si j'avois à me donner un maître,
Que j'en prendrois un autre, et que, pour Salvigni
Je pourrois devenir infidelle à celui....

LE PRÉSIDENT.

De Selmour en effet, l'idée intéressante,
Dans l'esprit me revient et m'est encore présente:
Mais, depuis dix-sept ans, éloigné de ces lieux,
Expatrié peut-être, il vit sous d'autres cieux!
Et peut-être la mort!...

LA BARONNE.

    Il vit dans ma pensée,
Et son image, hélas! n'y peut être effacée.
Qu'ai-je dit?.... je le crois hors de mon souvenir;
Et que n'ai-je pas fait afin de l'en bannir?
Aux cilices poignans condamnant ma jeunesse,
J'ai souffert, j'ai prié, je prie encor sans cesse:
J'ai plus osé, mon père, et le nom du Sauveur,
Avec un fer brûlant imprimé sur mon cœur,
Me permet-il d'aimer un autre que lui-même?
Quand c'est l'Agneau sans tache, en un mot, que l'on aime,
Songe-t-on à former de terrestres liens?
Et qui peut l'emporter sur le Dieu des chrétiens?

LE PRÉSIDENT. (avec feu.)

Qui, ma fille? du Dieu dont l'amour vous engage,
Vous savez qu'ici-bas les pauvres sont l'image.
Vous les aimez aussi : votre cœur généreux
Fut toujours un asyle ouvert aux malheureux,
Et vous leur prodiguez vos soins et votre bourse.
Si vous vous éloignez, où sera leur ressource?
Qu'est-ce qu'ils deviendront, et quelle main, hélas!
Préservera leurs jours des horreurs du trépas?

Leur donner de l'argent eût été peu de chose.
Je vous ai vue en main prendre souvent leur cause,
La plaider avec grace et même avec succès,
Arranger et sur-tout abréger des procès ;
Me choisir pour arbitre en toutes ces querelles ;
Et charmé , certain jour, de ces vertus nouvelles,
Ma fille , je vous dis : Grace à ton zèle ardent ,
Je deviens avocat, et j'étois président.
Tu dois t'en souvenir. A ces vertus , sans honte ,
Peux-tu donc renoncer par une fuite prompte ?

LA BARONNE.

Non , mon père , jamais : j'ai prévu les besoins
De ces infortunés qu'ont secourus mes soins ,
Et , pour les secourir vous-même en mon absence ,
 (*Lui offrant nn écrin rempli de bijoux.*)
Acceptez cet écrin ; je n'ai plus l'espérance
D'employer désormais ces frivoles bijoux ;
Mon cœur de leur éclat cesse d'être jaloux ;
Et pour aller au ciel , la plus belle parure
Est , aux yeux du Très-Haut , une ame simple et pure.
Vendez donc , je vous prie , et vendez promptement
Ces trésors dont je fus éblouie un moment ,
Et que les indigens en profitent.

LE PRÉSIDENT.

     Ma fille ,
Voulez-vous à ce point léser votre famille ?
Ces trésors sont à vous, j'en conviens ; mais les loix
Lui donnent sur vos biens d'imprescriptibles droits.
Vous n'avez , entre nous , rien qui vous appartienne.
J'estime assurément la charité chrétienne ;
Mais la justice veut . . . . .

LA BARONNE.

Je vous entends. Eh bien !
Mon fils pourra, je crois, disposer de mon bien,
Et je le chargerai.... Mais j'apperçois mon frère....

LE PRÉSIDENT.

Quoi ! l'évêque d'Autun !.... Je ne m'attendois guère....

SCÈNE IV.
Le PRÉSIDENT, la BARONNE,
l'évêque d'AUTUN.

L'ÉVÊQUE D'AUTUN.

Dois-je croire, ma sœur, un bruit qui se répand,
Et que vient mon neveu de m'apprendre à l'instant ?
Pour aller loin d'ici fonder un monastère,
On dit que vous quittez vos enfans, votre père,
Et que brisant les nœuds les plus chers aux humains,
L'évêque de Genève....

LA BARONNE.

Oui, bientôt par ses mains,
Sous les yeux du Très-Haut, du saint bandeau parée,
Et de tous les mortels pour jamais séparée,
J'irai m'ensevelir dans un séjour de paix,
Où le crime et l'erreur ne pénètrent jamais.
C'est le ciel qui l'ordonne.

L'ÉVÊQUE D'AUTUN.

Et vous pouvez, cruelle,
De sang-froid me redire une telle nouvelle !
Et sans regret peut-être, et même sans effroi,
(*Montrant le Président.*)
Vous déchirez le cœur de mon père et de moi !

C 4

LE PRÉSIDENT.

Ma bouche, au même instant, lui faisoit ce reproche.

LA BARONNE, *à l'évêque d'Autun.*

Vous m'étonnez ! Eh quoi ! quand mon bonheur s'approche...

L'ÉVÊQUE D'AUTUN.

Dites votre malheur. Eh ! ne voyez-vous pas
Quels pièges un faux zèle a dressés sous vos pas ?

LA BARONNE.

L'évêque de Genève étrangement diffère
De votre sentiment ; et je croyois, mon frère,
Qu'évêque ainsi que lui . . . .

L'ÉVÊQUE D'AUTUN.

J'estime sa vertu.

Au dangereux torrent d'un siècle corrompu,
Il oppose avec fruit la digue des exemples :
Il prie, il catéchise et prêche dans nos temples.
Du dogme de Calvin son zèle a triomphé,
Et, grace à lui, ce monstre est près d'être étouffé.
Mais, ma sœur, entre nous, le croyez-vous sensible ?
Il avoit une sœur, ce prélat invincible,
Une sœur comme moi. Cette fleur, un beau jour,
Tombe et va s'éclipser au ténébreux séjour.
Monseigneur de Genève apprend cette nouvelle :
Sa sœur, ainsi que vous, étoit aimable et belle ;
La grâce et la douceur régnoient dans son abord.
Vive Jesus, dit-il, en apprenant sa mort !
Et que du ciel toujours la volonté soit faite !
Me croyez-vous une ame à ces froideurs sujette,
Et que sans la pleurer, sans peut-être en mourir,
Je puisse voir ma sœur dans un cloître courir,
Et s'enterrer vivante alors que sa présence
Pouvoit ici répandre et la joie et l'aisance ?

LA BARONNE.

Il faut sauver son ame avant tout, et je crois
Qu'on ne le peut jamais dans le monde.

L'ÉVÊQUE D'AUTUN.

Et pourquoi
Vous mettre dans l'esprit une telle chimère ?
Au couvent, où l'on suit une règle sévère,
On est moins exposée aux dangers, j'en conviens ;
Et plus facilement on s'y comporte bien ;
Mais quand le monde aux yeux étale ses spectacles,
N'a-t-on pas plus de gloire à vaincre les obstacles
Que présentent par-tout ses plaisirs séduisans,
A ne devoir qu'à soi le triomphe des sens,
Et sans avoir recours aux haires, aux cilices,
A régner librement sur de fausses délices ?

LE PRÉSIDENT.

Il parle sagement, ma fille ; et quant à moi,
Qui des Juifs, par état, dois connoître la loi,
De Moyse je puis, citant le témoignage,
Vous dire qu'il faisoit grand cas du mariage,
Et que, chez les Hébreux, on blâmoit, entre nous,
Les veuves qui mouroient sans reprendre un époux.
Sans l'ancienne loi, que seroit la nouvelle ?
A l'une et l'autre il faut, ma fille, être fidelle.
Si l'une a rejetté ce que l'autre a prescrit,
Elles n'en sont pas moins l'œuvre du Saint-Esprit ;
Et la religion, la raison, la nature,
Combattent à l'envi le desir de clôture
Qu'a fait naître un faux zèle au fond de votre cœur.
C'est un mari qu'il faut prendre pour directeur ;
Un mari vertueux, dans son tendre délire,
Tout comme un saint évêque au ciel peut vous conduire,

Si vous voulez tous deux vivre chrétiennement.
Mais il faut nous quitter au moins pour un moment :
Mes devoirs, en un jour, souvent se renouvellent,
Et déjà ces devoirs hors de ces lieux m'appellent.

(*à l'évêque d'Autun.*)

J'ai commencé l'ouvrage ; achevez-le, mon fils.
Que votre sœur nous reste, et mes vœux sont remplis.

SCÈNE V.

La BARONNE, l'évêque d'AUTUN, ensuite CLAUDINE.

L'ÉVÊQUE D'AUTUN.

SEREZ-VOUS insensible au cri de la nature,
Et de mère et de fille étouffant le murmure ?....

CLAUDINE, *accourant.*

Ah ! madame, mon cœur est d'un contentement....
Un courier à Dijon arrive en ce moment.
Je viens de lui parler, et j'ai su, par lui-même,
Que monseigneur est proche, et que .... ma joie extrême
A peine me permet d'achever ce récit.

LA BARONNE.

Monseigneur de Genève ?....

CLAUDINE.

Oui, le courier m'a dit
Qu'il n'est présentement qu'à très-peu de distance,
Qu'au devant de ses pas tout le monde s'avance ;
Que chacun de le voir a le plus vif desir,
Es que, pour témoigner sa joie et son plaisir,
On veut illuminer, ce soir, toute la ville :
Sur nos fenêtres, moi, j'en mettrai plus de mille

De ces petits flambeaux qui remplacent le jour.

LA BARONNE.

Faites venir mon fils.

CLAUDINE.
Il vient.

SCÈNE VI.

Le jeune BARON, la BARONNE, l'évêque
d'AUTUN, CLAUDINE.

LA BARONNE, au jeune Baron.

A notre tour,
Il faut que nous allions sur l'heure à sa rencontre.
Il faut que notre joie également se montre,
Et je vous attendois pour me donner la main.

LE JEUNE BARON.

Je serai trop heureux, madame, et mon dessein
Est de faire toujours tout ce qui peut vous plaire.

LA BARONNE.

(à Claudine.)   (à l'évêque d'Autun.)
Tu viendras après nous. Nous suivez-vous, mon frère ?

L'ÉVÊQUE D'AUTUN.

Non ; j'ai quelques raisons pour rester en ce lieu :
Mais nous nous reverrons.

LA BARONNE.
Ainsi donc, sans adieu.

ACTE II.

SCÈNE Ire.

Le jeune BARON, SELMOUR, en habit d'hermite.

LE JEUNE BARON.

Quoi ! vous êtes Selmour ! C'est de vous qu'autrefois
Ma mère pour époux avoit, dit-on, fait choix ?
C'est vous seul qu'elle aima, qu'elle aime encor peut-être ?
Qu'avec joie en ces lieux je vous vois reparoître !
Elle veut nous quitter. Ce barbare dessein
Sans doute à votre aspect s'éteindra dans son sein,
Et je vais l'avertir en toute diligence
Qu'à Dijon de retour . . . .

SELMOUR.

Arrêtez ! la prudence
Ne permet point encor que je m'offre à ses yeux,
Et doit seule régler mes pas mystérieux.
J'en fus aimé jadis, et je l'aimai de même,
Il est vrai ; mais sachez mon infortune extrême :
Lorsque l'amour sembloit hâter notre union,
Nous fûmes séparés par la religion,
Par la religion, ce tyran du vulgaire,
Que le sage lui-même et maudit et révère.
Tous mes parens sont nés dans l'erreur de Calvin,
Et suivant leur croyance, à votre mère en vain
J'offris les premiers vœux de mon ame enflammée ;
De ces vœux innocens elle parut charmée,

Et les partagea même. Hélas ! un Dieu jaloux
Me refusa toujours le nom de son époux.
Celui qui maintenant est votre ayeul par l'âge,
Lui préparoit les nœuds d'un autre mariage,
Et je vis, par l'effet d'un contre-temps fatal,
Votre mère épouser le baron de Chantal.
Ces nœuds formés à peine, un rayon de lumière
Dessilla tout à coup ma débile paupière.
Aussi-tôt j'abjurai la loi d'un imposteur,
Et, pour la vérité, j'abandonnai l'erreur ;
Je devins catholique, en un mot. Mais vain titre !
Des jours de votre mère un autre étoit l'arbitre ;
Un autre possédoit ce trésor précieux.
Brûlant toujours pour elle, alors, près de ces lieux,
J'allai m'ensevelir au fond d'une retraite ;
Et sous le vêtement d'un humble anachorète,
Me consacrant à Dieu, je l'ai prié long-temps
D'étouffer dans mon cœur les feux les plus constans :
Rien n'a pu les détruire, et chaque jour j'espère.... ?

L E   J E U N E   B A R O N.

Ce n'est pas sans raison. Le trépas de mon père
Qui dans l'affliction a plongé ses enfans,
Est un bonheur pour vous, pour nous un contre-temps :
Vous en profiterez, et tout me porte à croire....

S E L M O U R.

Oui, s'il lui reste encore de moi quelque mémoire.
Mais oublié peut-être....

L E   J E U N E   B A R O N.

Oublié ! non, Selmour ;

Non, ma mère de vous parle encor chaque jour,
Et Dieu seul dans son cœur balance votre empire.
Paroissez, montrez-vous, et j'ose vous prédire....?

SELMOUR.

Un moment. D'échouer si j'avois le malheur,
Mon dessein, je l'avoue, et non pas sans douleur,
Est de rentrer soudain dans ma prison profonde,
Et d'y cacher ma vie à l'œil impur du monde,
D'y pleurer jour et nuit un objet adoré,
Et d'y mourir d'amour toujours plus dévoré.
Sur mon retour ici gardez donc le silence,
Votre jeunesse a fait naître ma confiance.
D'autres m'auroient connu ; d'autres auroient soudain
Au public curieux dévoilé mon dessein.
Je reviens en secret ; je veux partir de même.
Mais je ne puis partir sans voir celle que j'aime,
Et sans lui rappeller nos mutuels sermens :
Je dois être informé de ses vrais sentimens.
Et comment aujourd'hui m'introduire chez elle,
Sans paroître aux regards des indiscrets ?

LE JEUNE BARON.

Mon zèle

Vous en procurera des moyens sûrs et prompts.
Revenez sur le soir, nous nous retrouverons.
Une idée assez bonne en mon esprit s'élève,
Dont je vous ferai part. L'évêque de Genève
Dirige seul ma mère, et peut-être aujourd'hui
Que nous réussirons en nous servant de lui,
Et que son nom ici vous ouvrant une route ....
Mais j'entends quelque bruit, et je crains qu'on n'écoute.

SELMOUR.

Je le crains plus que vous, et je sors. Au revoir.
Vous vous engagez donc ? ....

LE JEUNE BARON.

Je m'en fais un devoir.

SCÈNE II.

Le jeune BARON. (*seul.*)

QUE je serois heureux, s'il empêchoit ma mère
De quitter ce séjour, et si : . . . .

SCÈNE III.

L'évêque d'AUTUN, le jeune BARON.

L'ÉVÊQUE D'AUTUN.

DE sa chimère
J'espère la guérir. Puisqu'il est en ce lieu,
Je le verrai bientôt cet envoyé de Dieu.
Ici je veux l'attendre, et, de ma propre bouche,
Je veux l'interroger sur tout ce qui me touche,
Et savoir s'il persiste à m'enlever ma sœur.
Il se croit un apôtre, et n'est qu'un ravisseur :
Je le lui prouverai. Le voici qui s'avance.
Avec moi, de ma sœur, ô ciel ! prends la défense.

LE JEUNE BARON.

De le voir, entre nous, je suis peu curieux,
Et je vais avec lui vous laisser en ces lieux :
J'avois promis d'ailleurs de rejoindre ma mère.
(*Montrant l'évêque de Genève.*)
Soyez prêt au combat ; voilà notre adversaire.

SCÈNE IV.

L'évêque de GENEVE, suivi de 2 grands-vicaires, d'un Caudataire, etc. ; l'évêque d'AUTUN.

L'ÉVÊQUE DE GENEVE.

JE cherchois votre sœur. Au-devant de mes pas
On dit qu'elle est venue, et je ne voudrois pas

Qu'elle eût pris pour me voir une peine inutile.
Sera-t-elle bientôt rendue en cet asyle ?

L'ÉVÊQUE D'AUTUN.

J'ai lieu de l'espérer. J'aspire cependant
A vous entretenir ; et d'un avis prudent
Voulant vous faire part....

L'ÉVÊQUE DE GENEVE.

Moi-même je desire

De m'instruire avec vous.
(*à sa suite.*)   Allez, qu'on se retire.

SCÈNE V.

L'évêque d'AUTUN, l'évêque de GENEVE.

L'ÉVÊQUE D'AUTUN.

Un jeune homme, appellé le comte Salvigni,
Avec ma sœur, dit-on, desire d'être uni
Par les nœuds fortunés d'un prochain mariage:
Ma sœur, vous le savez, est à la fleur de l'âge :
Elle joint aux vertus les charmes les plus doux.
Elle est sensible, honnête, et d'un second époux
Ses soins et son amour embelliroient la vie.
Cependant, monseigneur, en ces lieux on publie
Que de cet hymenée éteignant le flambeau,
Vous arrachez ma sœur au destin le plus beau,
Et qu'ici vous venez, armé d'un zèle extrême,
Lui dire, au nom du ciel, de fuir tout ce qui l'aime.
Dois-je croire à ces bruits ?

L'ÉVÊQUE DE GENEVE.

On n'en sauroit douter.

L'ÉVÊQUE

L'ÉVÊQUE D'AUTUN, *avec surprise et sévérité.*

Quoi, monseigneur !

L'ÉVÊQUE DE GENÈVE.

Daignez un instant m'écouter,
Vous serez moins surpris de tout ce qui se passe.
Nous connoissons tous deux le pouvoir de la grace,
Et vous n'ignorez pas, monseigneur, qu'à sa voix
On ne peut résister. Déjà, plus d'une fois,
Au cœur de votre sœur elle s'est fait entendre :
A cette voix divine il a fallu se rendre.

L'ÉVÊQUE D'AUTUN.

Sans doute elle a des droits que je ne puis céler :
Mais pourquoi vous hâter de la faire parler ?
Vous dirigez ma sœur, et dans sa conscience
Naissent, à votre gré, la terreur, l'espérance.
C'est vous seul, en un mot, qui réglez son destin.
De Salvigni peut-être elle eût reçu la main.
Pourquoi l'en empêcher ?

L'ÉVÊQUE DE GENÈVE.

La demande m'étonne.
Est-ce qu'avec le Ciel l'humanité raisonne ?
Votre sœur veut à Dieu consacrer ses appas,
Fonder un monastère ; et ne savez-vous pas
Qu'aux regards du Très-Haut rien n'est plus agréable,
Et qu'aux nœuds de l'hymen le cloître est préférable ?

L'ÉVÊQUE D'AUTUN.

Ministre d'un Dieu sage et d'un Dieu de bonté,
Ainsi vous le croyez ! Il faut que la beauté
Aille, pour plaire au Ciel, humblement pénitente,
Dans un tombeau sacré s'ensévelir vivante,

D

Et sur elle faisant un téméraire effort,
Avant de n'être plus se condamne à la mort?
Et ne voyez-vous pas qu'un pareil sacrifice
Insulte à la nature et blesse la justice?
Et qu'il n'est point dicté par la religion?

L'ÉVÊQUE DE GENEVE, *avec surprise et sévérité.*
Quoi, monseigneur!

L'ÉVÊQUE D'AUTUN.
Craignez la superstition :
Sous un voile béni souvent elle se cache,
Nous poursuit en tous lieux, à tous nos pas s'attache,
Et dessèche à la fois nos sens et notre cœur,
Semblable au noir vampire enfanté par l'erreur.

L'ÉVÊQUE DE GENEVE.
Au maintien de la foi les cloîtres nécessaires,
Ont été constamment approuvés par nos pères.
Là dort son feu sacré. Que dis-je? nuit et jour
Il brûle, et du Très-Haut étend par-tout l'amour ;
A la religion il fait des prosélytes,
Et de notre croyance aggrandit les limites.

L'ÉVÊQUE D'AUTUN.
Cet amour du Très-Haut est sans utilité.
Le sage, monseigneur, aime l'humanité.
Voilà le premier soin pour une ame sensible,
Et le premier devoir. Comptez, s'il est possible,
Les maux que vos couvens ont faits à l'univers.
La vierge infortunée y traîne dans les fers
Une mourante vie ; et mère de famille
On l'auroit vue un jour renaître dans sa fille.
Cette fleur, dont par-tout on admiroit l'éclat,
Se flétrit, tombe et meurt dans l'affreux célibat.

Elle eût porté des fruits ; vous la rendez stérile,
Et telle est, nous dit-on, la loi de l'évangile.
Non, monseigneur, l'apôtre a dit expressément,
Plutôt que de brûler, mariez-vous. Comment,
Si, dans le célibat, chacun passoit sa vie,
Cette divine loi seroit-elle suivie ?
Où le Ciel prendroit-il tous ces adorateurs
Qui parent les autels de festons et de fleurs ?
Et comment pourroit-il, privé de tout hommage,
Dans ces adorateurs retrouver son image ?

L'ÉVÊQUE DE GENEVE.

Le monde, monseigneur, est des plus corrompus ;
Vous ne l'ignorez pas. Où seront les vertus,
Où fleuriront les mœurs, s'il faut que, sur la terre,
On détruise par-tout couvent et monastère ?
Et si Dieu désormais cesse d'être honoré
Sous ces pieux réduits, où....

L'ÉVÊQUE D'AUAUN.

Pour être adoré,

Dieu veut-il en effet qu'on se charge d'entraves ?
Veut-il à ses génoux ne voir que des esclaves ?
Ah ! quelle triste erreur vient fasciner vos sens !
L'encens de l'homme libre est le plus pur encens
Que puisse à l'Eternel offrir la créature.
Pourroit-il se tromper quand il suit la nature ?

L'ÉÊQUE DE GENEVE.

Mais le mondain est loin de la perfection,
Et ne peut la devoir qu'à la religion,

L'ÉVÊQUE D'AUTUN.

Que cette erreur nouvelle et m'étonne et m'afflig !
Se sauver dans le monde est-ce donc un prodige ?

D 2

Ah ! croyez , monseigneur , que , dans tous les états,
On trouve des vertus , et qu'il ne suffit pas ,
Pour atteindre au sommet de l'humaine sagesse,
De prier , de jeûner et de veiller sans cesse :
Il faut faire encor plus , vous devez le savoir ;
Et d'épouse et de mère exercer le devoir,
Est un joug moins léger que toutes ces pratiques ,
Pieux amusemens des ames fanatiques.
J'en ai vu dans le monde et l'on en voit toujours ,
De ces cœurs généreux qui consacrent leurs jours
Aux soins de leur famille , et qui , tendres , fidèles ,
Du sexe quelquefois deviennent les modèles.
Pensez-vous que le Ciel les traite avec rigueur.
Et pour prix de ces soins les condamne au malheur ?

L'ÉVÊQUE DE GENEVE.

Non ; le Ciel aime l'ordre ainsi que la justice ;
Et ces cœurs à leurs vœux le trouveront propice :
Mais ils sont peu nombreux , ces cœurs que vous citez ;
Et dans la cour des rois , dans les vastes cités ,
Et même dans les champs , où règne la nature ,
Des mortels corrompus je vois la tourbe impure
Insulter chaque jour , avec impunité ,
Aux saints commandemens de la Divinité.
Qui sauve ces méchans des vengeances célestes ?
Les prières , les vœux de ces vierges modestes ,
Dont vous osez blâmer le pieux dévouement ;
Sans elles , monseigneur , peut-être en ce moment
La foudre tomberoit sur vingt têtes coupables ,
Et peut-être des cieux les carreaux formidables
Du dernier jugement devançant les rigueurs ,
Plongeroient aux enfers les malheureux pécheurs.

L'ÉVÊQUE D'AUTUN.

Et dans la main de Dieu pourquoi placer la foudre,
Et le croire toujours incapable d'absoudre ?
Pourquoi le supposer vindicatif, cruel,
Et lui donner enfin les vices d'un mortel ?
Comme vous, monseigneur, je suis prélat et prêtre,
Et je fus, comme vous, instruit à le connoître.
Il hait la violence, et veut que la douceur
Soit l'arme qui toujours ramène le pécheur,
Lorsque du droit chemin follement il s'égare.
Quoique vous en disiez, le Ciel n'est point barbare :
Il ne sauroit du cloître approuver les rigueurs.
Et sans toujours prier, toujours verser des pleurs,
A la perfection je crois qu'on peut atteindre.
Servir Dieu dans le monde, et l'aimer et le craindre.
Empêchez donc ma sœur de quitter ce séjour,
Où cherchent à l'envi la nature et l'amour
A toujours l'enchaîner, à lui plaire sans cesse,
Et ne l'arrachez point à ma pure tendresse.

L'ÉVÊQUE DE GENEVE.

Je voudrois le pouvoir ; mais le Ciel a parlé :
Je n'en suis plus le maître, et vers elle appellé.....
Mais la voici.

SCÈNE VI.

La BARONNE, le jeune BARON, l'évêque d'AUTUN, l'évêque de GENEVE.

L'évêque de GENEVE, *à qui la Baronne baise la main.*

Ma fille, avec quelle allégresse
Je vous revois enfin ! Hâtons-nous, le temps presse.

C'est le Ciel qui m'envoie, et qui veut qu'en ce jour,
Avec moi, sans tarder, vous quittiez ce séjour.

LA BARONNE.

Ah ! disposez de moi ! Que n'ai-je eu l'avantage
D'être ici la première à vous offrir l'hommage
De tous mes sentimens et de mes moindres vœu x
Je n'ai pu diviser les flots tumultueux
D'un peuple gémissant de votre longue absence,
Et que vient d'enchanter votre auguste présence.

L'ÉVÊQUE DE GENEVE.

Ce peuple m'est bien cher ; mais il faut qu'aujourd'hui
Tous les deux nous prenions le chemin d'Annèci.

LE JEUNE BARON.

Il n'est pas temps encor, monseigneur, et ma mère,
A plus d'une personne, est ici nécessaire.
Ses filles et son fils ont des droits à ses soins,
Et vous devez du cœur connoître les besoins.

L'ÉVÊQUE D'AUTUN.

Je les connois aussi. Sans une peine extrême,
Verrai-je fuir ma sœur que j'estime, que j'aime ?
Ah ! ma sœur, demeurez. En tout temps, en tout lieu
On peut également servir, craindre, aimer Dieu ;
Et d'une année au moins retardez un voyage....

L'ÉVÊQUE DE GENEVE.

C'est avec ces discours et cet adroit langage
Qu'on vous perdra, ma fille. Ah ! ne l'écoutez pas,
Et songez bien plutôt à marcher sur mes pas.
Voyez dans l'avenir quelle gloire immortelle,
Réserve à vos travaux le Ciel qui vous appelle ;
Voyez combien le prix en sera noble et doux.
Le monde entier bénit l'ordre fondé par vous ;

Et là , de toutes parts, de vertueuses filles,
Dédaignant , comme vous, le vœu de leurs familles,
Viennent , se consacrant au culte des autels,
Prier, jeûner, veiller pour les foibles mortels,
Et loin d'un monde impur écarter les tempêtes.
Que d'encens monte au ciel ! que de pieuses fêtes !

(Montrant l'évêque d'Autun.)

Si j'en crois monseigneur, avec vos sentimens
Vous pourriez, en ces lieux , consacrer vos momens
Au jeûne, à la prière, et préserver votre ame
Des pièges dont le monde environne une femme :
Mais ce n'est point assez que de s'en garantir ;
Mais ce n'est point assez que de se convertir ;
Sous la loi du Seigneur, loi sainte et salutaire ,

(Avec l'air de l'inspiration et de l'enthousiasme.)

Il faudroit, s'il se peut , ranger toute la terre,
Catéchiser, prêcher et les nuits et les jours ;
Et joignant à la fois l'exemple et le discours,
Affronter les tourmens, la prison, la mort même
Pour faire aimer par-tout la Majesté Suprême.
Voilà, voilà le sort qui vous est réservé.
Le monde entier, par vous, peut être un jour sauvé ;
Toute femme, à l'envi, peut suivre votre exemple,
Et de tout l'univers ne faire qu'un seul temple.

(Au jeune Baron et à l'évêque d'Autun.)

L'un de vous perd sa mère, et l'autre perd sa sœur,
Et tous les deux, remplis d'une égale douleur,
Vous voudriez ici la retenir encore.
Mais connoissez la loi de ce Dieu que j'adore.
Sur le sort d'un mortel, lorsqu'elle a prononcé,
Quel mortel, pour la suivre, a jamais balancé ?
Quel est l'audacieux , quel est le téméraire
Qui peut , aux vœux du ciel , avoir un vœu contraire ?

Qu'il paroisse! qu'il vienne! et l'Ange du Seigneur,
Cet Ange dont la main porte un glaive vengeur,
N'éteindra dans son cœur ces vœux illégitimes
Qu'en le précipitant au fond des noirs abîmes.
    (*A la Baronne.*)
Mon ministère saint m'appelle hors d'ici.
Je sors, et nous prendrons le chemin d'Anneci,
Dans deux heures au plus. Etes-vous résignée?
Et sentez-vous le prix de votre destinée? –

LA BARONNE.

Oui, mon père, je sens qu'il faut vous obéir,
Et qu'on voudroit en vain ici me retenir.

SCENE VII.

L'évêque d'AUTUN, la BARONNE, le jeune BARON.

LE JEUNE BARON.

QUE dites-vous, ma mère? et quelle est votre idée?
A quitter vos enfans vous seriez décidée?
Mes sœurs et moi, sans vous, qu'allons-nous devenir?
Si vous partez, hélas! il nous faudra mourir.
Aux lieux où vous allez, nous ne pourrons vous suivre;
Vous-même, loin de nous, comment pourrez-vous vivre?
Vous nous aimez sans doute?....

LA BARONNE.

                   Ah! comment le cacher?
Vous êtes, après Dieu, ce que j'ai de plus cher,
Et pour vous mille fois je donnerois ma vie.
Prenez-la, s'il le faut; qu'elle me soit ravie.
Mais souffrez qu'un moment j'aie au moins le bonheur
De céder à la voix de mon saint directeur!

Qu'il soit sûr, en un mot, de ma reconnoissance,
Et ne m'accuse point de désobéissance.

L'ÉVÊQUE D'AUTUN.

Quoi ! ma sœur, vous craignez de lui désobéir !
Que je plains votre erreur ! Avant que de partir,
Voyez, à vos génoux, vos filles, votre père,
Celui de votre époux, votre fils, votre frère.
Ils recevront la mort dans un dernier adieu ;
Et ma sœur, en partant, croit obéir à Dieu !

LE JEUNE BARON. *(bas à l'évêque d'Autun.)*

Poursuivez, monseigneur ; votre vive éloquence
Peut tenir, quelque temps, ses esprits en balance ;
Et je vais avertir mon grand-père et mes sœurs,
Qui viendront, à l'instant, l'assiéger de leurs pleurs.

SCÈNE VIII.
L'évêque d'AUTUN, la BARONNE.

LA BARONNE.

Vous connoissez assez l'évêque de Genève,
Mon frère, et jusqu'au ciel, quand sa vertu m'élève,
Vous voulez qu'ici bas je rampe obscurément !
Vous, prélat comme lui ! vous m'étonnez vraiment !
J'imaginois....

L'ÉVÊQUE D'AUTUN.

Mon cœur, quand le vôtre s'étonne,
Consulte la nature et non pas la Sorbonne.
Je suis prêtre, il est vrai ; mais je suis citoyen.
Le sang m'unit à vous par un étroit lien ;
Et, quand vous pouvez être utile à ma patrie,
Pourrois-je ouvrir l'oreille à la voix qui vous crie

D'éteindre de l'hymen le glorieux flambeau,
Et de vous enfermer dans un pieux tombeau ?
Non, cette voix vous trompe ; elle n'est qu'imposture ;
Et le patriotisme, et sur-tout la nature,
Passent avant les loix que dicta l'Eternel.
Qu'un autre agisse en Dieu ; moi, je parle en mortel.

S C È N E   I X.

Le vieux BARON, (soutenu par les deux filles
de la Baronne) l'évêque d'AUTUN, la BA-
RONNE, le jeune BARON.

LE VIEUX BARON.

EST-IL bien vrai, ma fille ? Eh quoi ! tu m'abandonnes !
Ah ! prends pitié de moi ! Quels chagrins tu me donnes !
Ton époux ne vit plus ; le Ciel me l'a ravi.
Si je te perds, hélas ! quel sera mon appui ?
Et n'ayant plus de fils au bout de ma carrière,
Quelle main s'ouvrira pour fermer ma paupière ?
Jusques à ce moment, par tes soins j'ai vécu ;
Ta bonté, de ton cœur la première vertu,
Des plus pressans dangers a sauvé ma vieillesse ;
Que vais-je devenir sans toi, sans ta tendresse ?
Il me faudra mourir ; et tu n'ignores pas
Que, plus il est prochain, plus on craint le trépas.
Ah ! fais-moi vivre encor ! prolonge mes années ;
Elles sont, près de toi, toujours si fortunées !
Que dis-je ? il est un âge où, voilé par le temps,
L'astre de la raison perd ses traits éclatans.
Seize lustres, et plus, ont surchargé ma tête,
Et ma raison, mourante, à me quitter est prête.

(*Lui montrant ses deux petites filles.*)

Vois-tu ces deux enfans ? L'âge a mis de niveau
Leur principe et ma fin, ma tombe et leur berceau.
C'est le même intérêt qui tous trois nous rassemble ;
Et tous les trois ici nous t'implorons ensemble.

(*Il tombe à ses génoux avec les deux petites.*)

LA BARONNE.

Ah ! mon père, avec eux, pourquoi vous liguez-vous ?
Devriez-vous ainsi tomber à mes génoux,
Lorsque, pour vous céder, j'ai tenté l'impossible ?
C'est vouloir m'exposer à paroître insensible.
Avec vous, je brûlois de rester en ces lieux ;
Et, pour connoître à fonds la volonté des cieux,
A génoux, cette nuit, le front dans la poussière,
Je commençois à peine une ardente prière,
Un Ange m'apparoît. Que fais-tu, m'a-t-il dit,
Et quels doutes sans cesse agitent ton esprit ?
L'évêque de Genève a dû tous les détruire.
Suis, en tout, ses conseils et te laisse conduire.
C'est l'Etre tout-puissant qui l'envoye vers toi ;
Il porte dans ses mains le flambeau de la foi.
Laisses-le, par degrès, dessiller ta paupière ;
Que, seul, il soit ton guide, et marche à sa lumière.

L'ÉVÊQUE D'AUTUN.

Il ne faut pas toujours croire à ces visions,
Qui, trop souvent, ma sœur, sont des illusions,
Ou l'effet dangereux d'une tête exaltée,
Par un délire aveugle au plus haut point montée.
C'est la raison sur-tout que l'on doit consulter.

LE VIEUX BARON.

Je suis plus juste ; écoute. Avant de me quitter,

Attends du moins la fin de ma triste existence.
Un Ange t'a parlé ; je le crois, et je pense
Que tu dois obéir à ses moindres discours.
Mais il me reste à vivre, hélas ! si peu de jours !
Quand je ne serai plus, suis ton penchant céleste,
Et qu'à mon dernier jour ma fille, au moins, me reste !

L'ÉVÊQUE D'AUTUN.

De vos filles, ma sœur, tels sont les vœux ardens.
Nous devons, il est vrai, la vie à nos parens.
Mais vos filles, de vous, attendent davantage,
Et l'éducation nécessaire à leur âge,
Cette éducation, le premier des trésors,
Qui la leur donnera, si, malgré nos efforts,
Vous les abandonnez ? et, durant votre absence,
Quel guide, à la vertu, formera leur enfance ?

LE JEUNE BARON.

Pouvez-vous résister à ce desir touchant ?
Vous n'avez point, ma mère, un cœur dur ni méchant.
Non ; et nos jeunes sœurs, et mon oncle et mon père,
Qui vous tendent les bras, et moi-même, j'espère,
Nous saurons vous gagner ; nous saurons vous fléchir.

LA BARONNE.

Je n'y résiste plus. A force de sentir
Tout ce que la nature eût jamais de plus tendre,
Mon foible cœur, hélas ! ne peut plus se défendre
De ses impressions, et je cède à sa voix.
Pardonne-moi, mon Dieu, si j'offense tes loix !
A tes moindres desirs je suis toujours fidelle,
Mais triompher sans toi, n'est pas d'une mortelle.

SCÈNE X.

Tous les Acteurs précédens, CLAUDINE.

CLAUDINE, *avec empressement.*

Monseignbur de Genève est tout près de ce lieu,
Et va prêcher, dit-on, sur la crainte de Dieu.
Il voudroit que madame.....

LE JEUNE BARON, *lui fermant la bouche, et*
la poussant.

Arrête, et fuis sur l'heure,
Sans dire un mot de plus ; ou, de cette demeure,
Je te fais à l'instant honteusement chasser.

CLAUDINE.

Le Ciel vous punira, monsieur. C'est l'offenser,
Que de traiter si mal une pauvre servante.

LA BARONNE, *qui n'a pas bien entendu.*

Que dit-elle ?

LE JEUNE BARON.

Souvent elle m'impatiente,
Et je la suppliois de finir ses propos.
Mais, venez, il est temps de prendre du repos.

(Ils sortent, la Baronne appuyée sur son fils et son frère, et
le vieux Baron toujours conduit par les deux petites filles.)

ACTE III.

(Il fait nuit vers la fin de la première scène.)

SCÈNE Ire.

L'évêque de GENEVE, la BARONNE.

L'ÉVÊQUE DE GENEVE.

Ma fille, qu'ai-je appris ? à mes desseins pieux
Vous renoncez, dit-on, et l'intérêt des cieux
La gloire du Seigneur n'ont plus rien qui vous touche ?
Vainement son oracle a parlé par ma bouche ?

LA BARONNE.

Non, mon père ; mon cœur, ferme dans son projet,
D'un Dieu toujours épris, n'a point changé d'objet.
Il est toujours soumis à sa volonté sainte.
Je suis prête, avec vous, à quitter cette enceinte.
Mais vous n'avez pas vu sur l'heure, à mes génoux,
Ce vieillard malheureux, père de mon époux,
Qui, poussant des sanglots et m'appellant sa fille,
S'il me perd, a-t-il dit, perd toute sa famille.
Ai-je pu résister à ses cris, à ses pleurs ?
Mes filles partageoient ses profondes douleurs.
Mon fils, non moins touché, ne verse plus de larmes ;
C'est dans son désespoir qu'il veut chercher des armes ;
Et vous voulez encor que je quitte ces lieux !
Et vous m'osez parler de l'intérêt des cieux !
Quand celui de mon sang veut qu'ici je demeure !
Ah ! cessez, ou plutôt, ordonnez que je meure.

Le Ciel ne peut vouloir que nous soyons cruels.
Que dis-je ? il nous prescrit d'aimer tous les mortels ;
D'être mère, sur-tout, d'être fille sensible ;
Et faut-il, en son nom, commander l'impossible ?

L'ÉVÊQUE DE GENEVE.

Je connois vos devoirs. Mais vous n'ignorez pas
Qu'on peut, sans les enfreindre, accompagner mes pas.
Dans le cloître, où mes soins prétendent vous conduire,
Vous aurez, chaque jour, la liberté d'écrire.
J'écoute la nature, ainsi que la raison ;
Et je ne ferai point une étroite prison
D'un séjour où je veux que, loin des yeux du monde,
Vos jours coulent séreins dans une paix profonde.

LA BARONNE.

Ils le seront par-tout où je pourrai vous voir ;
Les passer près de vous est mon plus doux espoir.
Mais, mon père, mon fils et mes filles en larmes,
Mais ma famille en proie aux plus vives alarmes,
Je ne la verrai plus, et des lettres, hélas !
Pour un cœur bien épris, ont de foibles appas,
Quand il est éloigné de l'objet qu'il adore.
Mes filles, chaque jour, au lever de l'aurore,
Me viennent embrasser. Mon père, chaque jour,
Me voit, à son réveil, l'embrasser à son tour.
Ces innocens plaisirs sont les besoins de l'ame ;
Et s'il faut, que bientôt j'y renonce...

L'ÉVÊQUE DE GENEVE.

Ah ! madame,

Est-ce vous qui parlez ? Des foiblesses du sang
Vous dépendez encore, et votre cœur ressent
De ces affections terrestres et grossières
Dont j'ai cru vous guérir par mes saintes prières.

Eh bien, de nos projets je ne vous parle plus;
Suivez du monde encor les sentiers corrompus;
Restez en ce séjour, et plein du même zèle,
Seul, je retourne aux lieux où la grace m'appelle.

LA BARONNE.

Ah! mon père, arrêtez! Puis-je vivre sans vous?
Sans vous, puis-je m'unir à mon céleste époux?
C'est vous seul, je le sens, qui devez m'y conduire.

L'ÉVÊQUE DE GENEVE.

Ne vous laissez donc plus enchanter ni séduire
Par ces transports des sens et ces honteux retours
Vers des biens qu'il est temps d'abjurer pour toujours,
Et préférez enfin la grace à la nature.
Mes soins vous ont ouvert la route la plus sûre
Qui vous puisse conduire à la perfection.
Que m'obéir en tout soit votre ambition;
N'en ayez jamais d'autre, et vous romprez le piège
Que vous tend l'ennemi qui toujours vous assiège.

(à demi voix.)

Et puis, vous le savez, au fond de votre cœur
Brûle peut-être encor cette secrète ardeur
Que souvent m'avoua votre bouche ingénue.

LA BARONNE.

Hélas !

L'ÉVÊQUE DE GENEVE.

Vous soupirez. Votre ame toute nue,
Aux yeux de l'Eternel ne sauroit se cacher.
Du mortel qui vous plut, le souvenir trop cher;
N'y domine que trop; ce soupir me l'annonce.
Entre Selmour et Dieu, que ma fille prononce!

LA BARONNE.

LA BARONNE.

Moi, je prononcerois entre Selmour et Dieu !
Lorsque je dis au monde un éternel adieu,
N'est-ce pas à vos yeux me montrer toute entière ?
C'est Dieu seul qui me plaît ; j'en suis heureuse et fière.
Oui, Dieu seul.

L'ÉVÊQUE DE GENEVE.

Cependant vous l'avez offensé,
Et d'un profane amour ce grand Être est blessé.
Songez-donc, s'il est vrai qu'il ait pour vous des charmes,
Combien, pour l'appaiser, il faut verser de larmes,
Combien vous repentir et vous mortifier ;
Quelle faute, en un mot, il vous faut expier !

LA BARONNE.

Vous me parlez, mon père, en véritable apôtre.
Ma raison, c'en est fait, se soumet à la vôtre.
Mon cœur, du droit chemin un moment écarté,
Ne suivra plus de loi que votre volonté ;
Je reconnois enfin la grace qui l'éclaire.

L'ÉVÊQUE DE GENEVE.

Vos filles, votre fils, ainsi que votre père,
Pourroient, durant le jour, mettre obstacle à vos pas ;
Ils pleureroient ensemble, et ne souffriroient pas
Qu'ensemble nous fuyions de ce profane asyle.
La nuit, sur nos desseins, répand une ombre utile,
Profitons-en ; sur-tout, en frivoles adieux,
N'allez point consumer des momens précieux.
Il faut partir sans voir ce que votre cœur aime.
Le ciel vous saura gré de cet effort suprême,
Et j'aperçois déjà le prix qui vous attend.

LA BARONNE.

Eh quoi ! sans voir mon père ! Ah ! souffrez qu'un instant....

E

L'ÉVÊQUE DE GENEVE.

(avec une colère apostolique, mais sans dureté.)

Fille indigne de moi, si vous m'étiez moins chère !...
Et quoi ! ne suis-je pas moi-même votre père ?
J'ordonne, obéissez. Dans le saint tribunal
J'ai prévenu Claudine. Ayez un zèle égal
Au zèle aveugle et pur de cette sainte fille.
Sacrifiez à Dieu toute votre famille,
Et n'oubliez jamais qu'il a sur vous les yeux.
Partons, je vous attends, et vais, près de ces lieux,
Achever de donner les ordres nécessaires.

LA BARONNE.

Mes vœux ne seront point à vos desirs contraires ;
J'en ai fait le serment au ciel ainsi qu'à vous,
Je le tiendrai.

SCÈNE II.

LA BARONNE. *(seule.)*

Mon Dieu, je tombe à vos genoux.
Eclairez ma foiblesse, et faites-moi connoître....
Mais j'entends quelque bruit.... C'est Claudine peut-être.

SCÈNE III.
La BARONNE, CLAUDINE.

CLAUDINE.

Tout dort dans la maison, ou du moins je le crois ;
Vos filles, votre père.

LA BARONNE.

Et mon fils ?

CLAUDINE.

Par deux fois,

Aux portes de sa chambre appliquant mon oreille,
Je n'ai rien entendu.

LA BARONNE.

Je tremble qu'il ne veille.

Tantôt, plus que jamais, il étoit agité.
Je crains qu'il ne se porte à quelqu'extrêmité,
Qu'il ne suive un peu trop son bouillant caractère.
Il faudra lui céder ; je sens que je suis mère.

CLAUDINE.

Que dites-vous, madame, et qu'est-ce que j'entends ?
Monseigneur de Genève a reçu vos sermens.
N'avez-vous pas promis....

LA BARONNE.

J'ai tout promis sans doute ;

Mais, pour quitter ces lieux, tu vois ce qu'il m'en coûte.
Un père, des enfans..... Sans répandre des pleurs,
Puis-je briser les nœuds qui m'attachoient leurs cœurs ?

CLAUDINE.

Non ; je pleure moi-même en quittant la famille
Où vous portez les noms et de mère et de fille,
Où, comme fille et mère, on vous rendoit des soins,
Où chacun à l'envi prévenoit vos besoins,
Et trouvoit son plaisir à remplir votre attente.
Je n'y fus jamais rien que simple gouvernante,
Et vous savez pourtant avec quelle bonté
On m'a toujours traitée. Ai-je rien souhaité
Qu'on ne m'ait à l'instant fait obtenir : Claudine,
M'a souvent dit monsieur, aisément je devine
Qu'aujourd'hui tu voudrois prendre un peu de bon temps.
Eh bien ! suis à ton gré tes honnêtes penchans ;
Je te donne congé pour toute la journée.
Je naquis orpheline et n'ai point de lignée,

E 2

Point de père, d'enfans, point de mari sur-tout,
Et je sens que, pour Dieu, mon cœur laisseroit tout,
Depuis que j'ai connu monseigneur de Genève.
Ce saint homme a daigné me prendre pour élève ;
Et vous devez penser, madame, ainsi que moi.
De notre directeur suivez donc mieux la loi.
Fermez, fermez votre ame à l'humaine foiblesse,
Et fuyons avec lui sans délai ; le temps presse.
J'ai présidé moi-même aux apprêts du départ,
Et je crains que demain noûs ne fuyions trop tard.
Que dis-je ? je crains tout, votre fils et vous-même.
　　　(*On frappe à la porte.*)
Mais qui heurte si tard ?

LA BARONNE.

　　　　　Ma surprise est extrême !
Va voir, Claudine.　(*Elle va voir.*)
　　　　Hélas ! cette fille a raison.
Je ne suis pas encor hors de cette maison,
Et peut-être..... Eh bien ?

CLAUDINE.

　　　　　C'est un pieux solitaire
Qui vient pour vous parler. Il porte un caractère
Tout-à-fait rassurant. C'est un hermite enfin.

LA BARONNE.

Mais à l'heure qu'il est....

CLAUDINE.

　　　　　J'ignore son dessein.
Mais il vient, m'a-t-il dit, de la part du saint homme
Qui s'est chargé du soin de notre ame.

LA BARONNE.

　　　　　Il se nomme ?....

CLAUDINE.

Je l'ignore. De nous qu'il soit ou non connu ;
Peut-il, de cette part, n'être pas bien venu ?

SCÈNE IV.

SELMOUR, en habit d'hermite, la BARONNE, CLAUDINE.

SELMOUR.

Me pardonnerez-vous, madame, un stratagême
Qui peut incessamment tourner contre moi-même ?
Ce n'est point de la part de votre directeur
Que je viens en ces lieux, et cet avis menteur
Excite en vous peut-être une juste colère ;
Mais mon intention n'est pas de vous déplaire
Ni de vous offenser, et le ciel est témoin.....

LA BARONNE.

D'indulgence en effet vous avez grand besoin,
Et si je n'écoutois qu'un couroux légitime,
je.... Mais peut-on jamais vouloir commettre un crime
Lorsque d'un tel habit on marche revêtu ?
Non, non, il fut toujours celui de la vertu.
La décence pourtant veut que Claudine reste.
Expliquez-vous, parlez.

SELMOUR.

    En ce moment funeste,
Si je pouvois vous dire à vous seule....

LA BARONNE.

      Arrêtez.
C'est pousser un peu loin tant de témérités !

Je ne crains que Dieu seul ; mais cependant mon ame,
Aux regards des mortels veut éviter le blâme ;
Et, pour y parvenir, jusqu'à mes derniers jours,
Comme s'ils me voyoient je me conduis toujours.
Vous frémissez ! vos yeux se couvrent d'un nuage,
Et la mort, la mort presque est sur votre visage !
    (Avec beaucoup de douceur.)
Rassurez-vous, mon frère, et calmant cet effroi,
Expliquez-vous enfin. Qu'attendez-vous de moi ?
Quel service important pourrois-je ici vous rendre ?
Quel secours vous prêter ? Je brûle de l'apprendre.

SELMOUR.

Ah ! que je crains, madame, en ce fatal moment,
D'exciter de nouveau votre ressentiment !
    (Tirant un portrait de son sein et l'offrant à la Baronne
    d'une main tremblante.)
Ce portrait vous dira le sujet qui m'attire,
Et mieux que moi de tout il pourra vous instruire.

LA BARONNE.

La mère du Sauveur, son enfant dans ses bras !
Ah ! qu'un pareil tableau pour mon cœur a d'appas !
Et qu'il est préférable aux chefs-d'œuvre d'Apelle !
Mais plus je le regarde et plus je me rappelle....
Quel soupçon ! ... De mon ame il doit être banni,
Et de tableaux pareils le nombre est infini.
Quelle main vous offrit cette image sacrée,
De qui la tenez-vous ?

SELMOUR.

          D'une femme adorée.
J'eus l'audace autrefois de lui peindre mes feux.
Sensible, mais au Ciel consacrant tous ses vœux,

Elle daigna me plaindre ; à mon amour extrême,
Par un amour égal, elle répondit même.
Certain jour cependant, ô jour de mon malheur !
Le zèle du Très-haut l'emportant dans son cœur,
Elle me congédie : Et voilà, me dit-elle
En m'offrant ce portrait, au lieu d'une mortelle,
Voilà le seul objet qu'il soit permis d'aimer,
Le seul dont les attraits doivent vous enflammer.
Adorez, en tout temps, cette divine image,
Et qu'elle soit par-tout l'objet de votre hommage.

LA BARONNE. (à part.)

Chaque mot qu'il me dit augmente mon soupçon.

(Haut et avec plus de trouble.)

A l'esprit toutefois de la religion,
L'hymen n'est pas toujours absolument contraire.
Elle auroit pu, sensible à votre amour sincère,
Sans offenser le Ciel, contracter avec vous
Un mariage saint, et du nœud le plus doux . . .

SELMOUR.

Je suivois de Calvin le dogme condamnable,
Et ce fut mon seul tort.

LA BARONNE.

Qu'entends-je ? Est-il croyable !
Ah ! je la reconnois cette image qu'un jour
Accepta de ma main l'infortuné Selmour.
Est-ce lui dont les traits . . . .

SELMOUR, tombant à ses genoux.

Reconnoissez de même
L'infortuné mortel de qui l'amour extrême . . . .

LA BARONNE.

C'est lui-même en effet ; c'est Selmour . . . . O mon Dieu !
Une heure ou deux plutôt que n'ai-je fui ce lieu !

(*Claudine s'approche, rode autour d'eux , et témoigne à*
son tour beaucoup d'étonnement.)

(*La Baronne continuant , et lui rendant le portrait.*)

Ah ! reprenez soudain cette image sacrée ,
Et partez.

SELMOUR.

De la foi que vous m'aviez jurée
Ne vous souvient-il plus ?

LA BARONNE.

Non , je dois l'oublier.
Par des sermens plus saints je viens de me lier.
Partez ; plus que la mort je crains votre présence.

SELMOUR.

Et pourquoi renoncer à la douce espérance
De nous unir ? J'apprends, non loin de ce séjour ,
Que votre époux enfin vient de perdre le jour ;
Je sors de la retraite inconnue et sauvage
Où seul à l'Éternel j'adressois mon hommage.
Vous êtes libre, jeune , et vous m'avez aimé ;
Mon cœur, de vos appas , est toujours plus charmé ,
Et, si je vous suis cher, pourquoi , pourquoi , madame ,
Hésitez-vous encore à couronner ma flamme,
Et d'un second hymen rejetez-vous les nœuds ?
A la clôture encor d'indissolubles vœux
Ne vous ont point liée ; et je suis catholique ,
Et la grace m'a fait briser l'obstacle unique
Qui s'opposa long-temps à ma félicité.
Je n'ai point fait de vœux moi-même. En liberté ,
Je puis vous épouser sans craindre qu'on me blâme.
Dites un mot, parlez, soudain je vous réclame
Comme un bien qui m'est dû. Je quitte cet habit ,
Et le plus doux lien pour jamais nous unit.

LA BARONNE, (*à part.*)

Tu l'emportois, mon Dieu ! ta victoire étoit sûre,
Et ces mots tout-à-coup ont r'ouvert ma blessure.
Pour triompher encor prête-moi ton appui.

SELMOUR.

Vous ne répondez pas !

LA BARONNE.

Je parlois à celui
Qui peut, au moindre signe, aujourd'hui vous confondre;
Vous-même interrogez-le, et, prompt à vous répondre,
C'est à moi, dira-t-il, qu'elle a donné son cœur,
Et lorsque j'en étois le paisible vainqueur,
Ton audace croiroit m'enlever sa conquête !
Fuis à l'instant, perfide, ou ma vengeance est prête,
Ou la foudre sur toi va tomber en éclats.
Je crois l'entendre ainsi vous menacer.... Hélas !
Fuyez, mon cher Selmour, évitez sa colère,
Et, plaisant à mon Dieu, soyez sûr de me plaire.

SELMOUR.

Non, vous expliquez mal sa sainte volonté ;
Je connois mieux que vous sa suprême bonté.
Non, le Ciel ne veut point qu'en cette conjoncture,
Nous étouffions tous deux le cri de la nature.
Que dis-je ?.... votre cœur ne sent plus rien pour moi ;
De l'amour, de l'honneur il méconnoît la loi,
Et vous oubliez tout, nos feux et vos promesses.

LA BARONNE.

Insensé ! que dis-tu ?.... de nos pures tendresses,
Aurois-je pu jamais perdre le souvenir ?
Dans un cloître aujourd'hui prête à m'ensevelir,
Si j'évite le monde et cherche la retraite,
C'est pour m'y repentir d'une flamme secrète,

Pour expier ma faute, et mériter qu'un jour
L'Eternel me pardonne un criminel amour.
Par ton image ici, nuit et jour poursuivie,
Aux lieux où saintement je vais couler ma vie,
Peut-être que la paix renaîtra dans mon cœur ;
C'est pour en triompher que je fuis mon vainqueur.
Je le voyois absent, juge de la puissance
Qu'ici lui donneroit sa trop chère présence.

S E L M O U R.

Qu'entends-je ? Par mes vœux dussai-je vous lasser,
Je ne vous quitte plus.

C L A U D I N E.

Il faut le dénoncer
Comme un profanateur.   (*à Selmour.*)
N'est-ce pas une honte
De voir comme l'amour à la tête vous monte
Avec un tel habit ? Sortez, frère, sortez :
On vous traite encor mieux que vous ne méritez.

S E L M O U R. (*à Claudine.*)

Je ne sortirai point ; je vois la violence
Qu'elle se fait pour moi. Tout, jusqu'à son silence,
Me dit que, sur son cœur, j'ai recouvert mes droits ;
Je les ferai valoir.   (*à la Baronne.*)
Objet de votre choix
Dans des temps fortunés, qui renaîtront peut-être,
Pourquoi, dans ce moment, ne pourrois-je encor l'être ?

C L A U D I N E.

Dites un mot, madame, et prompte à le chasser,
Je vais, au même instant, vous en débarrasser.

L A B A R O N N E.

Ecoutez-moi, Selmour, toujours je me rappelle,
Avec un doux plaisir, votre amour pur, fidèle,

Et, malgré le serment qui m'enchaîne à mon Dieu,
Mon cœur vous aime encore et vous en fait l'aveu.
Ce serment n'exclut point le nœud du mariage ;
Mais j'ai, vous le savez, un père bon et sage,
Et mon avis toujours se régla sur le sien.
Allez le consulter, s'il veut qu'un doux lien
A la vôtre bientôt joigne ma destinée ;
Peut-être nous pourrons, par un doux hyménée.....

S E L M O U R.

Qu'ai-je entendu ? J'y vole, et reviens de ce pas.
Votre père, à coup sûr, ne s'opposera pas
A mes vœux empressés.

S C È N E V.

CLAUDINE, la BARONNE.

C L A U D I N E.

Qu'ai-je entendu moi-même ?
Et comment expliquer votre imprudence extrême ?
Quoi, madame ! aujourd'hui, pour vous donner à Dieu,
Avec un saint prélat vous partez de ce lieu,
Et c'est le même jour que votre cœur s'engage
A former les liens d'un prochain mariage !
Est-ce qu'avec Selmour....

LA BARONNE.

Et ne voyois-tu pas
Comme au fond de mon cœur il rentroit pas à pas ?
J'étois prête à céder à sa vive poursuite,
Et j'ai dû, sur le champ, pour assurer ma fuite,
D'un stratagême heureux employer le détour.
Comment aurois-je pu résister à Selmour ?

La foiblesse, pour vaincre, a recours à la ruse,
Et c'est injustement que ta bouche m'accuse.
Il me semble d'ailleurs que le Ciel m'a dicté
Cet ordre, qui surprend ton ingénuité ;
Et devois-je éluder la volonté divine ?
Fuyons, n'attendons pas qu'ici, pour ma ruine …..
(*Comme elles vont sortir , toutes deux , le jeune Baron paroît et*
   leur ferme le passage.)

SCÈNE VI.

La BARONNE, CLAUDINE, le jeune BARON.

LE JEUNE BARON.
(*Une épée nue dans une main, et un flambeau dans l'autre.*)

J'AI su tous les projets de votre ravisseur,
Mon œil en a percé la ténébreuse horreur.
Je sais qu'il n'est pas loin, et que, vers cette porte,
Il vous attend, suivi d'une nombreuse escorte.
Mais, à mes sœurs, à moi, croit-il vous arracher ?
Et croit-il m'enlever ce que j'ai de plus cher,
Sans que mon bras armé n'arrête son audace ?
Qu'il vienne ! sans bouger, je reste à cette place.
Je le dois, je le veux, et c'est moi contre lui,
Moi seul qui, dans ce jour, vous servirai d'appui.

LA BARONNE.
Que dites-vous, mon fils ? Et pourquoi cette épée
Dont ma tremblante vue est tout-à-coup frappée ?

LE JEUNE BARON.
Vous me le demandez ! Ah ! madame, est-ce à vous
D'ignorer le sujet de mon juste courroux ?

L'évêque de Genève en ce lieu doit se rendre
Pour me ravir ma mère, et je viens la défendre.

LA BARONNE.

Eh quoi ! vous oseriez attenter à des jours
Dont le Ciel, tant de fois, a respecté le cours,
Et porter sur un prêtre une main sacrilége !

LE JEUNE BARON.

Eh ! pourquoi non ? Un prêtre a-t-il le privilége
D'arracher une mère a son malheureux fils,
De la rendre insensible à ses pleurs, à ses cris ?
Et sous le joug sacré qu'à loisir il apprête,
Dès qu'un prêtre a parlé faut-il courber sa tête ?
Qu'il ose ici rentrer, votre saint directeur,
Et que, toujours guidé par sa pieuse erreur,
Sur vous il ose mettre une main téméraire,
Et c'en est fait de lui.

LA BARONNE.

Votre bras sanguinaire

Oseroit se plonger dans le sein révéré
D'un mortel généreux qui doit m'être sacré !

LE JEUNE BARON.

S'il se montre, il est mort.

LA BARONNE.

Ah ! qu'entends-je, barbare !

Voilà comme, pour moi, votre cœur se déclare !
Vous méditez un meurtre, un homicide affreux,
Et vous croyez ainsi faire changer mes vœux !
Indécise tantôt, et manquant de courage,
Aux vôtres je cédois ; mais cet excès de rage
Me rend toute ma force, et vers le Saint des Saints
Je me sens attirer par mes premiers desseins,

Et je m'élève à lui sur des ailes de flamme.
Un jour plus radieux vient d'éclairer mon ame.
Adieu, mon fils, adieu. N'arrêtez point mes pas.

LE JEUNE BARON.

Non, ma mère, d'ici vous ne sortirez pas.

LA BARONNE.

Je ne sortirai pas ! quel étrange délire !

(*Lui présentant son sein.*)

Eh bien ! frappe ! à tes coups je devrai le martyre.

LE JEUNE BARON.

(*Jettant son épée, et tombant à ses genoux.*)

Moi, vous frapper, ô Ciel ! moi, qui vous dois le jour,
Et qui mourrois pour vous ! Ah ! que mon pur amour,
S'il ne peut l'empêcher, suspende votre fuite,
Ou, pour jamais, ma vie au désespoir réduite....

(*Ici Claudine ramasse l'épée et la jette dans la coulisse.*)

LA BARONNE.

Levez-vous, mon cher fils, et lisez dans mes yeux
Ce qu'il doit m'en coûter pour conquérir les Cieux.
Plus que jamais, hélas ! je sens que je vous aime,
Je vous quitte en pleurant, en mourant à moi-même.
C'est le Ciel qui l'ordonne, il lui faut obéir :
Mais, pour vous faire vivre, il est doux de mourir.
Et par moi, vous vivrez ; oui, mon fils, votre mère
Va tant prier pour vous....

LE JEUNE BARON.

Illusion ! chimère !

LA BARONNE. (*bas à Claudine.*)

Le combat peut durer ; j'ai besoin de secours :
Il faudroit avertir.....

CLAUDINE.

Je vous entends, j'y cours.

SCÈNE VII.

La BARONNE, le jeune BARON.

LE JEUNE BARON.

Eh ! que m'importe à moi cette vie éternelle,
Qu'un directeur promet à tout chrétien fidèle ?
Quand de vous ici bas il m'aura séparé,
Mon cœur sera-t-il moins de chagrin dévoré ?
Il me faut une mère ; et non la récompense
Que l'Eternel là-haut aux bienheureux dispense.
Vous entendre, vous voir, voilà le paradis
Que souhaite mon cœur, et dont il est épris.
L'avenir est trop loin pour me flatter d'y vivre.

LA BARONNE.

L'avenir nourrit seul l'espoir dont je m'enivre,
Et je ne meurs au monde, à sa félicité,
Que pour mieux m'élever à l'immortalité.

LE JEUNE BARON.

Eh bien ! pour en jouir, de cette vie heureuse,
Dont l'espoir, envers moi, vous rend si rigoureuse,
Si vous m'abandonnez, je me perce le sein
Avec ce fer sur l'heure échappé de ma main ;
Et c'est vous, de ma mort, vous qui serez la cause.
Frémissez !

LA BARONNE. *(à demi-voix.)*

Quel projet le cruel se propose !
O mon Dieu ! de mon fils détournez ce malheur,
Ou je reste en ces lieux pour calmer sa fureur.

SCÈNE VIII.

L'évêque de GENEVE, la BARONNE,
le jeune BARON, CLAUDINE.

L'ÉVÊQUE DE GENEVE.

Vous parlez de rester ! Qu'ai-je entendu, ma fille ?
Faut-il combattre encor toute votre famille ?
Et ne voyez-vous pas que c'est le tentateur
Qui l'envoie à vos pieds pour changer votre cœur,
Et pour détruire en vous l'ouvrage de la grace ?
De Luther, de Calvin j'ai converti la race,
Et de vous aujourd'hui je ne puis triompher !
Eh bien ! suivez, comme eux, la route de l'enfer.
Il s'ouvre sous vos pas, si, toujours indécise ,
Vous ne consommez point notre sainte entreprise.
De l'achever tantôt vous avez fait serment.
Vous l'oubliez ; craignez le juste châtiment
Qu'aux parjures le Ciel réserve en sa vengeance,
Et n'espérez plus rien de sa longue indulgence.
Oui, c'en est fait de vous ; oui , je vois sous vos pas
S'ouvrir l'affreux abîme où tombent les ingrats,
Et ma fille , engloutie au noir séjour des crimes ,
Subir des réprouvés les tourmens légitimes.

LA BARONNE.

(avec effroi et la plus grande émotion.)

Moi, qui devois monter au séjour des élus ,
Je subirois, ô Ciel ! . . . je ne résiste plus.
C'est en Dieu désormais et pour Dieu qu'il faut vivre ;
Je le sens, je le vois , et suis prête à vous suivre.
Marchons.

LE JEUNE BARON.

LE JEUNE BARON.

Arrêtez !. . . . Quoi ! pour retenir vos pas,
Je fais de vains efforts ! Vous ne m'écoutez pas !

(à l'évêque de Genève.)

Et toi, tyran sacré, qu'à bon droit je déteste !
Tremble, et crains, à ton tour, la colère céleste.
Tu m'enlèves ma mère et crois impunément….

L'ÉVÊQUE DE GENEVE.

Vous l'entendez, ma fille, et voyez clairement
Que l'ennemi de Dieu contre vous le transporte,
Et que le démon seul peut parler de la sorte.

(il se met hors de la porte et lui tend les bras.)

Jetez-vous dans mon sein, et méprisant ses cris….

LE JEUNE BARON.

(se jetant par terre entre l'évêque de Genève et sa mère.)

Eh bien ! foulez aux pieds le corps de votre fils ;
Ecrasez-moi, ma mère, et faites que je meure
Avant que de quitter….

L'ÉÊQUE DE GENEVE.

(tendant toujours les bras à la Baronne, qui s'y précipite comme entraînée par un pouvoir supérieur, et passe sur le corps de son fils.)

Il le faut, et sur l'heure.
La victoire est à nous, n'en perdons pas le fruit,
Et fuyons à l'instant.

(L'évêque de Genève et Claudine entraînent la Baronne.)

SCÈNE IX.

LE JEUNE BARON. *(seul.)*

Ainsi, tout me trahit,
Et je suivrois envain les traces de ma mère !
Rien ne peut me la rendre. O comble de misère !

Pontifes détestés ! prélats audacieux,
Qui, pour nous opprimer, faites parler les cieux,
Tremblez ! il n'est pas loin le moment où j'aspire,
Et qui doit, par degrés, renverser votre empire !
Tremblez ! avec vos biens vous perdrez ces honneurs
Que vont vous prodiguer de vils adorateurs,
Et sur vos fronts brisés retombera l'idole,
Objet de votre culte inhumain et frivole.
L'horrible fanatisme est tout près de finir,
Et de tous vos forfaits nous saurons vous punir.

Fin du Drame.

LETTRE

DE SAINT JÉRÔME

A UNE DAME ROMAINE.

HÉROÏDE CHRÉTIENNE.

ÉPITRE DÉDICATOIRE

AUX·RÉVÉRENDS PERES

JÉRONIMITES ou HIERONIMITES

*Du couvent de St. Laurent de l'Escurial
en Espagne.*

Mes Révérends Peres,

La jeunesse de saint Jérôme a été boule-
versée par les passions, et sur-tout par celle
de l'amour : il en convient lui-même dans
plusieurs de ses ouvrages. « Que faites-vous
» dans le monde, écrit-il à Héliodore, vous
» qui devez être seul ? Je ne vous parle point
» ici en homme qui ne connoît point les dan-
» gers de cette mer, et qui n'y a jamais fait
» naufrage ; mais je vous donne ces avis en
» pilote expérimenté qui a été, depuis peu,
» jeté sur le bord par un coup de la tempête.
» Je vous avertis, vous trouverez, le long de
» cette côte, le charybde de la luxure, où
» votre salut sera englouti ; là, l'impure dé-
» bauche, sous la figure virginale de Sylla,
» caresse doucement la pudicité dont elle
» desire le naufrage.....»

F 3

(98)

« Combien de fois , (dit-il ailleurs) étant
» dans la plus profonde solitude , m'imagi-
» nai-je néanmoins être aux spectacles des
» Romains ! Mes membres , secs et déchar-
» nés , étoient couverts d'un sac ; mes jours
» se passoient en gémissemens ; et si le som-
» meil m'accabloit quelquefois , malgré la
» pierre dure sur laquelle je me couchois ,
» c'étoit moins un repos pour moi qu'une
» espèce de tourment. Cependant je ne pou-
» vois arrêter mon imagination volage : mon
» visage étoit défiguré par le jeûne , et mon
» cœur brûloit , malgré moi , de mauvais
» desirs. Toute ma consolation étoit de me
» jeter aux pieds de Jésus-Christ sur la croix
» et de les arroser de mes larmes ».

Ces deux passages , et plusieurs autres des
ouvrages de saint Jérôme , mes Révérends
Pères , m'ont fourni le sujet de l'héroïde chrétienne que je publie. J'ai tâché d'y peindre
ces mauvais desirs qui brûloient son cœur ,
les troubles qu'il éprouvoit pendant son som-
meil , les dangers de cette mer où il convient
lui-même avoir fait naufrage , et je l'intitule
chrétienne , parce que mon héros triomphe
au milieu de tous ces combats , et que la
grace finit par le ramener dans la voie sacrée
et paisible d'où l'avoient écarté ses passions
fougueuses.

Le curé et le vicaire de ma paroisse, que j'ai consultés sur cette héroïde, mes Révérends Pères, sont convenus que saint Jérome avoit été fort galant dans sa jeunesse, et ils le soupçonnent véhémentement l'un et l'autre d'avoir eu les prémices de plusieurs jolies dévotes des paroisses de Rome. Ils savent par cœur les ouvrages de Baillet, que je n'ai guères le temps de lire, quoique je sois au séminaire ; et voici le passage de cet auteur, qu'ils ont cité pour appuyer mon opinion : « Saint Jérôme, dit Baillet, avoit fait ses » études à Rome sous le célèbre grammairien » Donat. L'école d'un payen, tel qu'étoit » Donat, ne pouvoit pas être excellente pour » la vertu. Il n'exigeoit de ses écoliers que » ce qu'ils pouvoient contribuer pour former » l'esprit ; et l'on peut croire qu'il n'avoit » pas mis l'inspection des mœurs au nombre » des devoirs de sa profession. Ainsi l'on est » moins surpris d'apprendre que Jérôme, » encore cathécumène, abandonné, selon » les apparences, à sa propre conduite, dans » un âge encore foible, véquit pendant ce » temps dans la licence ordinaire aux éco- » liers, en se laissant entraîner par la force » du mauvais exemple et par l'irruption de » son tempéramment dans quelques désor- » dres de jeunesse ».

F 4

Vous croyez, d'aprés cela, mes Révérends Pères, que mon curé et mon vicaire ont approuvé mon héroïde ? Eh bien, détrompez-vous ; ils l'ont trouvée scandaleuse ; ils ont prétendu sur-tout que j'avois mal choisi, dans la vie de saint Jérôme, le moment où je le suppose tourmenté par la passion de l'amour, et où je le fais écrire ; et voici à peu près les critiques qu'ils m'ont faites. Saint Jérôme, m'ont-ils dit, vint s'établir à Rome vers 381, au retour d'un voyage qu'il avoit fait à Constantinople, pour y voir St. Grégoire de Nazianze, et il y professa long-temps avec succès le dogme et la morale de la religion chrétienne. Un grand nombre de dames romaines, telles que Marcelle, Eustoquie, Albine, Paule, Aselle, etc., venoient souvent pour l'entendre autant que pour le visiter ; et il paroît certain que le saint professeur se lia d'une étroite amitié avec ces dames, et que les plus belles furent non-seulement ses écolières, mais ses maîtresses. Le peuple de Rome l'a toujours cru. Il murmura même à ce sujet, porta des plaintes graves contre Jérôme ; et le saint, pour se soustraire aux orages qui le menaçoient, se réfugia à Bethléem. C'est donc de Bethléem qu'il falloit le faire écrire, et non du désert de Chalcide ;

c'est de Marcelle, d'Eustoquie ou d'Aselle, qu'il falloit le supposer amoureux. C'est à l'une de ces dames illustres que vous deviez lui faire adresser toutes les tirades passionnées de votre héroïde, et non pas à une Mélanie imaginaire qui n'a jamais existé, et qui ressemble si fort à ces Iris en l'air que célébroient les poëtes du dernier siècle, et à ces chimériques Philis dont ils métamorphosoient le cul en astre, quoique rien ne ressemble moins à une étoile qu'un derrière. Votre Lettre alors auroit eu une chaleur plus conforme à la vérité, par conséquent plus entraînante, et vous n'auriez pas fait un anachronisme que l'illustre auteur du Journal Ecclésiastique, M. l'abbé Dinouart, ne manquera pas de vous reprocher.

Messieurs, ai-je répondu à mon curé et à mon vicaire, saint Jérôme, quoique prêtre, n'aimoit point les prêtres amis du luxe et de la mollesse; les prêtres qui avoient des équipages, un grand nombre de valets et une table somptueuse; il les censuroit durement dans ses écrits, et dirigea souvent contre eux les foudres de son éloquence évangélique. Il auroit voulu que les prêtres vécussent comme les apôtres, et n'allassent ni à Cithère, ni à l'opéra. Les prêtres ne lui pardonnèrent ni son éloquence ni son zèle : ils répandirent par-tout qu'il avoit fait des maîtresses de ses écolières, et l'accusèrent hautement de libertinage et d'impureté ; ils gagnèrent de faux témoins pour prouver leurs accusations calomnieuses et rejeter sur le saint évêque les traits dont il les avoit percés. Ces faux témoins furent mis à la torture. (Car alors il y avoit une torture ; et pour la première et unique fois, peut-être, la torture fut bonne à quelque chose.) Les faux témoins avouèrent qu'ils avoient été subornés, et rendirent pleinement justice et hommage à l'honneur de saint Jérôme. Je sais très-bien, mes très-chers et respectables curé et vicaire, que vous n'allez ni à Cithère, ni à l'opéra. Vous avez adopté cependant une tradition absolument contraire à l'esprit de douceur et de paix de l'évangile ; et je vous supplie de croire, moi, qui ne suis encore qu'un simple tonsuré, je vous supplie de croire que jamais saint Jérôme n'a forniqué avec ces illustres romaines qui assistoient à ses leçons, et que sa chûte ou déviation des routes du salut, a été bien antérieure à cette époque. Il n'est rien de plus respectable sans doute que le courroux de M. l'abbé Dinouart, dont vous me menacez ; mais je respecte beaucoup plus la vérité que M. l'abbé Dinouart, et la vérité est que saint Jérôme se rendit coupable d'impudicité dans le premier voyage qu'il fit à Rome, et non dans les voyages qui suivirent. Saint Jérôme d'ailleurs avoit quarante-un ans lorsqu'il vint s'établir à Rome, à son retour de Constantinople, et lorsqu'il y expliqua les saintes écritures devant mesdames Paule, Eustoquie et Azelle; les fougues de l'amour sont ordinairement amorties à cet âge. Et quelle vraisemblance, je vous prie, qu'après les longues et cruelles macérations qu'il s'étoit imposées en Chalcide, il ait encore senti les aiguillons de la chair? La Mélanie, à qui je fais écrire saint Jérôme, est imaginaire, je l'avoue; mais son existence est très-vraisemblable. Il y a grande apparence qu'il a ravi la fleur de cette vierge pudique; et je crois hors de toute vérité, qu'il ait seulement baisé la main à Eustoquie, Paule, Azelle, etc. Saint Jérôme se plaint lui-même, avec amertume, de ces calomnies dans une lettre à Azelle; et voici une partie de ce qu'il lui écrit : « Je suis, dit-on, un » scélérat, un fourbe, un impudique et » un menteur; j'emploie même le secours » de l'enfer pour tromper plus sûrement.

» J'ai souvent eu à mes côtés un très-grand
» nombre de vierges, et j'ai souvent expliqué
» à quelques-unes les livres sacrés. Leur
» assiduité augmentoit avec le desir d'ap-
» prendre ; elles se familiarisoient avec moi,
» et la familiarité a fait naître la confiance.
» Qu'elles disent si elles m'ont jamais vu
» faire quelque chose qui fût contraire au
» devoir d'un chrétien. Ai-je reçu de l'ar-
» gent de quelqu'une ? n'ai-je pas toujours
» méprisé leurs présens, grands ou petits ?
» me suis-je chargé du maniement de leurs
» affaires ? leur ai-je tenu des discours équi-
» voques, ou les ai-je regardées avec des
» yeux lascifs ? On ne peut rien me repro-
» cher que mon sexe ».

Ce témoignage de saint Jérôme en faveur
de lui-même, est d'autant plus convaincant
et prouve d'autant plus son innocence, que,
dans d'autres occasions (1), il s'est avoué
coupable lorsqu'il l'étoit réellement. Un
homme doit être cru lorsqu'il publie hautement le bien et le mal qu'il fait. Ne seriez-
vous pas souverainement injustes, mes tres-

____

(1) Voyez le second passage, cité au commencement de
cette Lettre, dans lequel saint Jérôme avoue que *son cœur
brûloit de mauvais desirs.*

chers curé et vicaire, d'ajouter foi à celui-ci et de révoquer l'autre en doute? Pourquoi attribuer à un homme, quel qu'il soit, plus de vices qu'il ne s'en attribue lui-même? et pourquoi le supposer plus criminel qu'il ne l'est en effet? Votre conduite envers saint Jérôme n'annonce pas infiniment de charité chrétienne, et j'avois lieu d'en espérer plus de vous. Saint Jérôme pouvoit être honnête homme, quoique saint ; il pouvoit sentir le prix des mœurs pures qu'il avoit outragées dans sa jennesse, et l'on peut, saint ou non, avoir été chaste de son vivant, quoiqu'on occupe, après sa mort, une p'ace dans le calendrier.

Cette petite apologie de saint Jérôme, mes Révérends Pères, n'a pas manqué de produire, sur mon vicaire et mon curé, l'effet que je devois en attendre : ils ont avoué que les prêtres étoient bien méchans du temps de saint Jérôme, et qu'il n'étoit pas surprenant que, poursuivi par leurs calomnies, saint Jérôme y eût succombé. Ils sont convenus que saint Jérôme n'avoit pas pu corrompre les saintes veuves qu'il instruisoit, des maximes de la religion ; qu'il pouvoit se faire cependant, qu'à son premier voyage à Rome, mon héros eût eu une intrigue amoureuse avec cette Mélanie, qu'ils avoient traitée d'imaginaire ; et mon héroïde, qu'ils avoient trouvée scandaleuse, leur a paru extrêmement édifiante.

J'espère, mes Révérends Pères, que vous penserez comme mon vicaire et mon curé. J'espère que vous me saurez gré d'avoir vengé saint Jérôme d'une accusation d'impureté qu'il n'avoit point méritée, et que vous me pardonnerez la lettre que je lui fais écrire, en faveur de la bonne opinion que j'ai toujours eue de lui. Vous trouverez qu'il dit beaucoup de mal des prêtres dans cette héroïde, et peut être vous vous en plaindrez. Mais, que voulez-vous, mes peres, saint Jérôme n'aimoit point les prêtres, et pouvois-je lui prêter d'autres sentimens que les siens ? J'espère sur-tout que vous n'irez point me dénoncer à vos pieux et zélés confrères les révérends pères Dominicains, exécuteurs des hautes-œuvres de la sainte Hermandd, et qu'à l'imitation de mon vicaire et de mon curé, vous me remettrez généreusement ma coulpe poétique.

Je ne doute point, mes Révérends Pères, qu'au titre seul de ma Lettre de saint Jérôme, vous n'imaginiez que j'en ai puisé le fonds, et peut-être les détails, dans les Lettres si fameuses de saint Jérome. Hélas ! vous le savez mieux que moi, vous qui devez si souvent les lire ; vous savez que plusieurs de ces Lettres sont écrites avec feu et rapidité ; que le latin en est, pour l'ordinaire, coulant et harmonieux ; qu'on trouve, dans quelques-unes, de véritables morceaux d'éloquence ; et que d'autres respirent le sentiment et une piété douce qui, bien loin d'effaroucher, attendrit et gagne le cœur. Mais vous savez aussi qu'il n'y a pas un mot d'amour dans ces Lettres, et qu'elles roulent presque toutes sur des sujets de piété. Que dis-je ? ces Lettres dont je viens de rappeller les beautés, renferment des défauts innombrables. L'auteur, peu varié pour le fonds, donne toujours les mêmes conseils, et fait presque toujours les mêmes reproches : il est verbeux sans fécondité, abondant sans richesse, et sur-tout érudit sans goût, sans méthode et sans ordre. Mélant sans cesse la fable avec l'histoire sainte, il cite Galien à côté de l'évangile ; met, en même temps, à contribution saint Paul et Térence, et s'appuie également de l'autorité de Virgile et de celle d'Isaïe. Il ne laisse passer aucune métaphore sans l'epuiser, sans la tourner en cent manières, et tourmentant les passages les plus simples de la Bible avec un indicible acharnement, il les prend sans cesse dans le sens figuré, et leur donne un air d'énigme et de logogriphe qui désespère. Souvent, en un mot, il est inintelligible à force de vouloir être fin; et ce qui est pis encore, il vante la pudeur à tout moment; il fait, de la virginité, l'éloge le plus amphatique : et jugez si, dans une héroïde amoureuse, je pouvois faire entrer l'éloge de la virginité.

Vous n'aimez assurément, mes Révérends Pères, ni les allusions forcées, ni les mauvaises pointes, ni les détails bas et dégoûtans; et vous n'ignorez pas que tous ces défauts abondent dans les Lettres de St. Jérome. Vous savez qu'en parlant de *Vigilance*, il dit que cet hérétique porte ce nom à contre-sens, et qu'il seroit mieux appelé *Dormitance*. Vous savez qu'il conseille à *Démétriade* de manger la farine de froment avec l'huile; de se revêtir, avec Joseph, de plusieurs habits; de percer ses oreilles, avec Jérusalem, de la parole de Dieu, et d'y suspendre les grains précieux des nouvelles moissons. Il va plus loin encore, dans une Lettre au Diacre Sabinien, et vous ne l'ignorez pas, mes Pères; cet apprentif prêtre, que tourmentoit sans cesse le démon de la chair, s'étoit enfui de

Rome

Rome pour un adultère; et étant venu à Bethléem, il y avoit violé une vierge consacrée à Dieu, et avoit même tenté de l'enlever. Saint Jérôme l'appelle *prince des impies et des scélérats.* Il le compare à un disciple de l'Ante-Christ, qui, *après s'être fait connoître dans une ville, s'en va dans l'autre.* Il le traite souvent de *stupide* et de *grossier:* injures qui n'étoient pas très-propres à ramener dans le bercail la brebis égarée. Il lui reproche enfin d'avoir reçu les cheveux de son amante comme le gage de leur futur mariage. Il cite, à ce sujet, la coutume qu'observent les religieuses d'Egypte et de Syrie, de faire couper les cheveux par les mères supérieures, parce qne l'apôtre St. Paul a ordonné que les femmes fussent voilées, et parce que ces religieuses ne se parfument point et ne se baignent point. Il ajoute une raison : *Afin,* dit-il, *qu'elles ne soient point tourmentées par ces petits animaux qui s'engendrent entre la peau et les cheveux.* Ce trait paroît ingénieux, peut-être, à vos jeunes novices, qui doivent, par état, admirer tout ce qui vient de saint Jérôme. Mais vous sentez qu'il auroit pu déplaire à nos Mélanies françoises, qui, différentes des religieuses d'Egypte, ont les plus beaux cheveux du monde, et se baignent et se par-

G

fument chaque jour. Vous sentez aussi que MM. de Querlon (1), et Fréron lui-même, n'aimeroient pas trop que saint Jérôme conseillât à Mélanie dans mon héroïde, de *suspendre à ses oreilles les grains précieux des nouvelles moissons*; quelques longues que soient les oreilles de M. Fréron, il trouveroit sûrement très-mauvais qu'on donnât de pareils pendans à des oreilles de femmes; et une semblable métaphore auroit sûrement offensé ses oreilles. Ainsi, mes Révérends Pères, quoique le fonds de saint Jérôme soit beaucoup plus riche que le mien, j'ai préféré le mien à celui de saint Jérôme, et j'ai tout puisé dans mon propre fonds. C'est, sur-tout, par respect pour M. Fréron que j'ai agi de la sorte; il m'auroit sûrement cherché querelle pour les singulières métaphores que je viens de rapporter; et il est si dangereux de se brouiller avec ce grand homme !

J'ai l'honneur d'être, etc.

---

(1) Feu M. de Querlon travailloit alors à une feuille critique et littéraire.

LETTRE
DE SAINT JÉRÔME
A UNE DAME ROMAINE.
HÉROÏDE CHRÉTIENNE.

Au milieu des déserts tu me poursuis encore !
Et tu me peins toujours les objets que j'adore,
Divinité cruelle, enfant malicieux,
Qui m'ouvres les enfers et me fermes les cieux !
Ah ! laisse respirer un triste solitaire
Qui, de tes vains plaisirs, reconnoît la chimère,
Qui dit à Rome, au monde, un éternel adieu,
Et qui veut désormais n'adorer que son Dieu.
Laisse-moi raconter ses augustes merveilles,
Et mes nuits s'écouler en de pénibles veilles,
Pour.... Mais je le vois trop ; je te combats en vain.
D'un caillou meurtrier j'ai beau frapper mon sein ;
Rien ne peut m'arracher un souvenir funeste ;
La terreur m'environne.... et mon amour me reste.

   O toi ! qui disputant mon ame à son Auteur,
Y versas le poison d'une profane ardeur !
O toi ! qui m'enchantas et qu'il faut que j'oublie !
Va ! je t'adore encor, ma chère Mélanie !
Je t'adore, et mon cœur, qui ne peut te trahir,
Sent augmenter ses feux en voulant te haïr.

   Lorsque je m'échappai de ces bords où le Tibre
A vu long-temps régner un peuple fier et libre,

Te cachant avec soin l'instant de mon départ;
Ma fuite dans ton sein dut plonger le poignard.
Ainsi que ton chagrin, ma peine fut extrême;
Mais telle étoit du Ciel la volonté suprême.
Apprends, apprends enfin ce qu'il a fait pour moi,
Et juges si j'ai pu te conserver ma foi.
   Je visitois un jour les saintes catacombes
Où les corps des martyrs, reposant dans leurs tombes,
Appellent des chrétiens et l'hommage et les vœux;
Un flambeau dans les mains, du séjour ténébreux
Je suivois les détours et marchois en silence
A travers les replis de cet abîme immense;
Une ombre tout-à-coup sortant de son tombeau,
M'apparoît, aux lueurs de mon pâle flambeau.
Je la vois; sur son front la palme du martyre
Flottoit encor sanglante, et je l'entends me dire:
De quel droit ose-tu visiter ce séjour,
Toi, qu'aux yeux du Très-Haut, souille un profane amour,
Et que brûle en secret une impudique flamme?
Ah! jeune homme insensé! veux-tu sauver ton ame?
La notre est dans les cieux; elle y jouit en paix
D'une félicité qui ne finit jamais.
Veux-tu goûter de même une volupté pure?
Renonce à tous les biens, enfans de l'imposture;
Fuis loin de la beauté qui t'a donné des fers,
Et cherche ton salut dans un autre univers.
   Elle dit, et du doigt me montre la retraite
Où je dois aller vivre en simple anachorète,
Où je dois, étouffant de funestes ardeurs,
Aller de ma jeunesse expier les erreurs.
Elle dit, et je sors du séjour redoutable.
Combien, en le quittant, je me sentis coupable,

Et de quelle terreur mon cœur fut pénétré !
Je me vis aussi-tôt de piéges entouré
Par l'esprit tentateur de la chair et du monde,
Et Rome, transformée en un repaire immonde,
N'offrit plus à mes yeux qu'erreurs et que forfaits.
J'hésitois cependant ; tes graces, tes attraits,
Sur mon cœur indécis, prolongeoient leur empire.
La nuit régnoit par-tout ; j'allois enfin t'écrire
Pour t'apprendre, à regret, la volonté des Cieux.
Le sommeil tout à coup me vint fermer les yeux,
Et, par la même voix, j'entends crier : Jérôme !
Si tu veux te sauver, hâte-toi, sors de Rome.
En sur-saut je m'éveille, et mon cœur détrompé
Fut des leçons du Ciel si vivement frappé,
Q'oubliant mon amour, qu'elles venoient d'éteindre,
Je partis sans te voir, et presque sans te plaindre.

Pardonne, Mélanie ! Ah ! sur ces bords affreux
L'amour te venge bien d'un amant malheureux.
Sans cesse à mon esprit il présente tes charmes,
Et je n'y songe point sans répandre des larmes.
Il m'est toujours présent le jour où, sur mon cœur,
Tes appas allumant une immortelle ardeur,
Nous quittâmes, poussés par un heureux génie,
Pour celui de Vénus le temple de Marie,
Où, sur la fin du jour ; l'un de l'autre charmés,
Et par les mêmes feux toujours plus enflammés,
Des sons mélodieux d'un amoureux cantique
Nous faisions retentir le colisée antique.
O jour de mon bonheur ! Dans ces temps fortunés,
Par les nœuds les plus doux l'un à l'autre enchaînés ;
D'un vieux peuple de rois, à jamais mémorables,
Nous allions visiter les restes vénérables.

Ce fameux capitole où César expira,
Et l'asyle où Tibulle en secret soupira.
Je te revois encor dans ce bosquet champêtre,
Où nous cachoit l'amour sous l'ombrage d'un hêtre,
Où j'osai tant de fois embrasser tes genoux,
Où livrés, sans réserve, aux transports les plus doux,
Nous unissions nos cœurs dans des baisers de flamme,
Et confondions ensemble et nos corps et nos ames.

L'église, un jour, fêtoit la Mère du Sauveur;
T'en souvient-il? Ce jour, redoublant ta ferveur,
Te rendit à mes vœux insensible et rebelle;
A mes yeux cependant tu paroissois plus belle,
Et je crus un moment trouver Marie en toi!
Mon amour s'allumant au flambeau de la foi,
De Gabriël alors pour mieux se faire entendre
Ma bouche t'adressa le salut noble et tendre.
Tu me pris pour un Ange, et bientôt plus aimé,
L'Ange, par sa victoire, en Dieu fut transformé.

Dans les détours obscurs de ma grotte enfoncée,
Voilà quels souvenirs occupant ma pensée,
Redoublent chaque jour le trouble de mon cœur.
Ce désert me peint Rome et toute sa splendeur,
Sous les traits imposteurs d'une ombre enchanteresse.
Dans ces forêts encor je crois voir ma maîtresse,
Et crois à chaque instant la serrer dans mes bras.
Hier, aujourd'hui même; à tes secrets appas
J'ai fait, malgré moi-même, un brûlant sacrifice,
Croyant qu'à tous mes vœux tu te rendois propice.
Qu'après un tel bonheur, goûté dans le sommeil,
L'amant est malheureux à l'instant du réveil!
Au lieu de ma maîtresse, au lieu de son image,
Qu'ai-je vu ce matin dans ma grotte sauvage!

Le croirois-tu ? J'en suis encore épouvanté.
Quel tableau pour des yeux épris de ta beauté !
Je n'ai vu qu'un lion (1), dont la gueule écumante
Paroissoit...., un lion au lieu de mon amante ! ...
Il n'est point en ces lieux de paisibles ruisseaux,
Dont les bords ombragés par d'antiques ormeaux,
Offrent aux voyageurs un trône de fougère.
La prairie est sans fleurs, et la jeune bergère
Ne trouveroit ici ni roses ni printemps.
Jamais le tourtereau n'y roucoula des chants ;
Mais on entend souvent le lugubre murmure
Des monstres des forêts courans à la pâture ;
Des aspics furieux les aigus sifflemens ;
Le frémissement sourd des perfides serpens.
Pour cacher aux humains cette triste contrée,
Des rochers escarpés en défendent l'entrée,
Et semblent projeter d'en faire une prison.
Desséchés par les feux de l'ardente saison
Et d'un zèle insensé, victimes volontaires,
S'y traînent pas à pas de pieux solitaires
Accablés sous le poids de la caducité.
Combien, à leur aspect, je fus épouvanté !
De jeûne exténués, et tout couverts de cendre,
Ils souffrent des tourmens qu'on ne sauroit comprendre ;
Et sont heureux pourtant dans ce triste séjour.
Ils ne connoissent point l'impitoyable amour.
Ce dieu me fait souffrir de plus cruels supplices
Que la haire, les fouets ; le jeûne et les cilices ;
Je brûle, et la retraite augmentant mes desirs,
Change en rugissemens mes amoureux soupirs ;

---

(1) Les peintres peignent saint Jérôme avec un lion. J'ai
cru pouvoir en parler. *Pictoribus atque poëtis.*

Au fond des antres sourds , nuit et jour , ils resonnent.
  Des prêtres inhumains , qui jamais ne pardonnent,
Et qui prêtent , sans cesse , au Dieu que nous servons,
La barbare fureur , partage des démons ,
De pieux scélérats décorés d'un saint titre ,
Insultant chaque jour au souverain Arbitre ,
Prétendent qu'il punit , par d'éternels tourmens,
Le feu pur et sacré qui brûle deux amans !
Les perfides ! Eh quoi ! lui même il fit éclore
Dans le fond de mon cœur cette ardeur qui dévore ;
Et je l'offenserois , quand mes desirs pressans
Aux pieds de la beauté , font fumer un encens
Devenu légitime autant que nécessaire !
Taisez-vous , imposteurs ! votre morale austère ,
De la religion sappe le fondement ,
Et vous faites haïr un Dieu juste et clément.
  Est-ce bien moi qui parle ? Et Montan et Pélage
Me reconnoitroient-ils à ce nouveau langage ,
Moi qui , les accablant de mes saintes fureurs ,
Aux yeux de l'univers dévoilai leurs erreurs ,
Et sur leur front coupable appelai l'anathême ?...
Par l'amour égaré , me connois-je moi-même ?
A Pélage , à Montan je livrai le combat ,
Et l'amour fait de moi le plus vil apostat.
Des passions du cœur , ô déplorable ouvrage !
  Forcé d'étudier l'hébraïque langage ,
Chaque jour je bégaie , après de long travaux ,
Ce lugubre idiome et ces barbares mots.
Eh bien , le croiras-tu ? Souvent ces caractères ,
De la foi des chrétiens sacrés dépositaires ,
Ont offert à mes yeux nos chiffres enchanteurs ,
Et les couvrant par fois de baisers et de pleurs ,

Je vois dans Rebecca l'aimable Mélanie ;
Je la retrouve encor dans l'épouse d'Urie.
Je crois que, par degrés, l'erreur s'éclipsera,
Et je lis *Mélanie* au lieu de *Jehova*.
Penser à toi, t'aimer, est toute mon étude.

Lorsque mes compagnons, dans cette solitude,
De mes rudes travaux s'imposoient la moitié,
L'amour cédoit souvent à la tendre amitié ;
L'amitié combattoit ma fatale tendresse.
Compatriote, ami, maintenant tout me laisse,
Seul avec ma douleur, sur ces bords étrangers.
Héliodore, Evagre, à l'aspect des dangers
Que chaque pas fait naître en ces climats horribles,
Ont retourné vers Rome ; et ces cœurs insensibles,
Perdant le souvenir de mes soins bienfaisans,
Par leur ingratitude augmentent mes tourmens.
Plus un ami fut cher, plus sa perte est cruelle.
Hilas, plus courageux, enflammé d'un saint zèle,
Jusque dans ce désert avoit suivi mes pas.
Un jour j'entends des cris ; je vole : mais hélas !
De ses flancs déchirés, avec un long murmure,
Couloient des flots de sang sur une mousse impure,
Et j'aperçus au loin un tigre furieux,
Que trop tard ma présence éloigna de ces lieux.
Dieu, qui lis dans les cœurs, qui sondes leur abîme,
Pourquoi frapper Hilas, innocente victime ?
C'est sur moi, sur moi seul qu'ont dû tomber tes coups,
Moi qui connus tes droits et les violai tous,
Moi, qui nourris un feu que ta justice abhorre,
Moi qui, dans ce moment, desire et brûle encore !...
Mais déjà ton courroux exauce-t-il mes vœux ?
Le tonnerre s'échappe en sillons tortueux ;

Je vois s'ouvrir du ciel les portes azurées,
Et l'éternel suivi des légions sacrées,
Descend environné de foudres et d'éclairs.
La trompette éclatante a sonné dans les airs ;
Des spectres ranimés, tout couverts de poussière,
S'élèvent de leur tombe où perce la lumière.
Le monde entier s'assemble aux pieds de son Auteur ;
Le coupable pâlit, le juste est sans frayeur :
Leur arrêt est porté :.... Dieu ! quels gouffres de flammes
S'entrouvrent tout à coup pour engloutir ces ames !
Jérôme !.... Quelle voix m'appelle dans les airs ?
Ah ! je suis désigné pour descendre aux enfers,
Et la terre, avec moi, s'abîme ensevelie ....
Dieu, qui me punissez, épargnez Mélanie !
Pardonnez des erreurs qu'elle peut effacer ....
Mélanie !.... Ah ! quel nom viens-je de prononcer ?
Il r'ouvre de mon cœur la blessure profonde.
Un amant ne voit point l'écroulement du monde.
Qu'il soit anéanti ; que, tombant dans les flots,
Les astres détachés (1) ramènent le cahos.
Que Dieu crée à l'instant, pour mieux punir mes crimes,
Des supplices nouveaux et de nouveaux abîmes,
Je brave son courroux sans trouble et sans effroi.
Que puis-je redouter ? Mélanie est à moi.

Elle est à moi ! Que dis-je ? Ah ! quand je quittai Rome,
Mélanie, à son tour, abandonna Jérôme.
L'éloignement toujours à l'amour est fatal.
Peut-être elle m'oublie en faveur d'un rival ;

---

(1) Ces deux vers sont un peu contraires à la physique
moderne ; mais saint Jérôme, quoique savant, n'étoit pas
de l'académie des sciences.

Et par un tendre époux, de myrthe couronnée,
Peut-être marche-t-elle aux autels d'Hyménée.
Perfides, arrêtez ! . . . . Plus prompt que les éclairs,
Je puis voler à vous du fond de ces déserts,
Et portant dans vos cœurs le trouble et l'épouvante,
Armé de mon amour, réclamer une amante.
Qui, moi ? je souffrirois qu'un jeune audacieux
Me ravît tes attraits, en jouît à mes yeux !
M'ôtât, de tous les biens, l'unique bien que j'aime !
Non, je t'enleverois dans les bras de Dieu même.

　　Quels droits, vas-tu me dire, aviez-vous sur mon cœur ?
Quels droits ! ceux de l'amour, plus sacrés que l'honneur,
Les droits que m'ont donnés ces nuits enchanteresses,
Témoins de nos transports, de nos tendres caresses,
Où tu ne voulois vivre et mourir que pour moi.
Tremble ! un amant peut tout, lorsqu'on trahit sa foi.

　　Inutile courroux ! chère amante, peut-être
N'es-tu point infidelle. Ah ! tu ne saurois l'être ;
Tu ne le fus jamais. Nous serions trop punis ;
Nous vivons séparés, et non pas désunis.
Je suis loin de tes yeux, et non de ta mémoire.
Oui, oui, je te suis cher ; j'aime trop à le croire.
Eh bien ! n'écoute plus que ce doux sentiment ;
Dans cet affreux désert viens joindre ton amant.
Au lieu de l'Eternel, c'est toi que j'y contemple ;
Il sera de l'amour le refuge et le temple.
Viens, vole ; à ton aspect ces bords s'embelliront,
L'herbe y reverdira, les fleurs y renaîtront.
J'en ferai pour ta tête une simple couronne ;
Un gazon parfumé te servira de trône.
Nous livrerons nos cœurs à leurs brûlans desirs,
Et les oiseaux, jaloux, chanteront nos plaisirs.

Qua'i-je dit? Quoi ! je peux, à Dieu même perfide,
Engager Mélanie à me suivre en Chalcide,
Où je ne suis venu qu'afin de l'éviter !
A quels forfaits nouveaux me laissai-je emporter ?
Et quel démon caché, dont je suis la victime,
Tour-à-tour me rapproche et m'éloigne du crime ?
Fuis plutôt ce séjour ; fuis, et ne cherche pas
A r'ouvrir des enfers les gouffres sous mes pas.
Pourrois-je, hélas ! te voir sans devenir coupable ?
Sous le cilice affreux, dont le fardeau m'accable,
Ainsi que sous l'Ethna, couve un feu dévorant,
Toujours, malgré moi-même, en mes veines errant,
Et qui, pour éclater, n'attend que ta présence.
Ah ! ne m'en laisse pas seulement l'espérance ;
Et puis, que verrois-tu ? . . . . . Les spectres des tombeaux,
Pâles, et dans la nuit traînant d'affreux lambeaux :
Voilà, de ton amant, quelle est l'horrible image !
Les veilles, les travaux ont flétri mon visage,
Et les remords, la crainte, implacables vautours,
S'unissent, à l'envi, pour abréger mes jours.
Quoi ! mes yeux, inondés d'intarissables larmes,
Oseroient se lever pour contempler tes charmes !
Les trésors de ton sein, par mes feux profanés,
Palpiteroient encor sous mes doigts décharnés !
Et ma bouche livide, aux roses de la tienne,
Mêleroit les vapeurs de sa mourante haleine ! . . .
Ingrat ! voilà l'objet digne de mon amour ! (1)
Sur cet infâme bois un Dieu perdit le jour !
Ce fut pour me sauver, pour racheter mon ame,
Qui n'auroit dû brûler que de sa sainte flamme.

____

(1) Un crucifix.

Chère amante, ce Dieu mourut aussi pour toi ,
N'oses-tu maintenant le préférer à moi ,
Et des héros chrétiens suivre la noble trace ?
Va, renonce à l'amour, et seconde la grace.
Je sens déjà, je sens qu'elle parle à mon cœur.
C'en est fait ; je me rends , et le Ciel est vainqueur.
Fuyez , affreux plaisirs. De repentir brisée,
Mon ame fut par vous trop long-temps maîtrisée :
Le remord vous corrompt ; vous enlevez la paix.
Je vous préfère un Dieu qui ne trompe jamais.
Toi, s'il te reste encore un desir salutaire
D'échapper aux tourmens qu'apprête sa colère,
Fuis un monde perfide : aux flambeaux des autels
Rallume tes vertus par des vœux solemnels,
Et que tes longs cheveux, ces liens que j'adore ,
Qui disputent d'éclat avec ceux de l'Aurore,
Par le cizeau frappés de coups inattendus,
Aux murs du temple saint demeurent appendus.
Ces lugubres réduits où la beauté s'engage,
Effarouchent l'amour sans trop déplaire au sage.
En dépit quelquefois de ce dieu suborneur ,
Sous le voile sacré se cache le bonheur,
Et le cloître est souvent, pour la vierge sensible,
Aux tempêtes du cœur un port inaccessible.
　Fuis , te dis-je , et reçois mon adieu pour toujours.
Je ne redoute plus le charme des amours :
Un moment ébloui par leurs brillans prestiges ,
Si j'éprouvai jadis de funestes vertiges ,
Pour réparer mon crime, avec quelle fureur
J'embrasse maintenant un objet de terreur !
Le crâne desséché que j'oppose à tes charmes,
Qui, sur mon sein pressé, reçoit toutes mes larmes,

Cette tête hideuse est l'unique miroir
Où mes yeux désormais vont se plaire à te voir.
Que dis-je ? vainement j'aspire à cette gloire ;
Tes appas ne sauroient sortir de ma mémoire ;
Par-tout je les retrouve, et tel est mon transport,
Qu'ils revivent pour moi dans les traits de la mort.
    Ne m'écris pas au moins ; ta lettre séduisante
Rallumeroit peut-être une flamme expirante,
Et portant de nouveau le trouble dans mon sein,
Détruiroit de mon cœur le fragile dessein.
Je veux te détester ; je le dois, et toi même,
Si tu veux éviter le céleste anathême,
Chasse de ta mémoire un malheureux amant.
Aux pieds des saints autels abjure le serment
Que tu fis autrefois de me rester fidelle,
Et de la piété sois un vivant modèle.
C'est moi qui recevois le nom de ton époux :
Songe à présent qu'un Dieu de ce titre est jaloux,
Moi, je vais, séparé du reste de la terre,
Conjurer l'Eternel d'éteindre le tonnerre,
Que mon indigne amour dans ses mains alluma,
Et mes yeux vont pleurer plus que mon cœur n'aima.

F I N.